U0028996
笑容崩壞的女高中生與不能露出破綻的我
2
we can't smile
廢棄物少年

笑容崩壞的女高中生與不能露出破綻的我

we can't smile

2

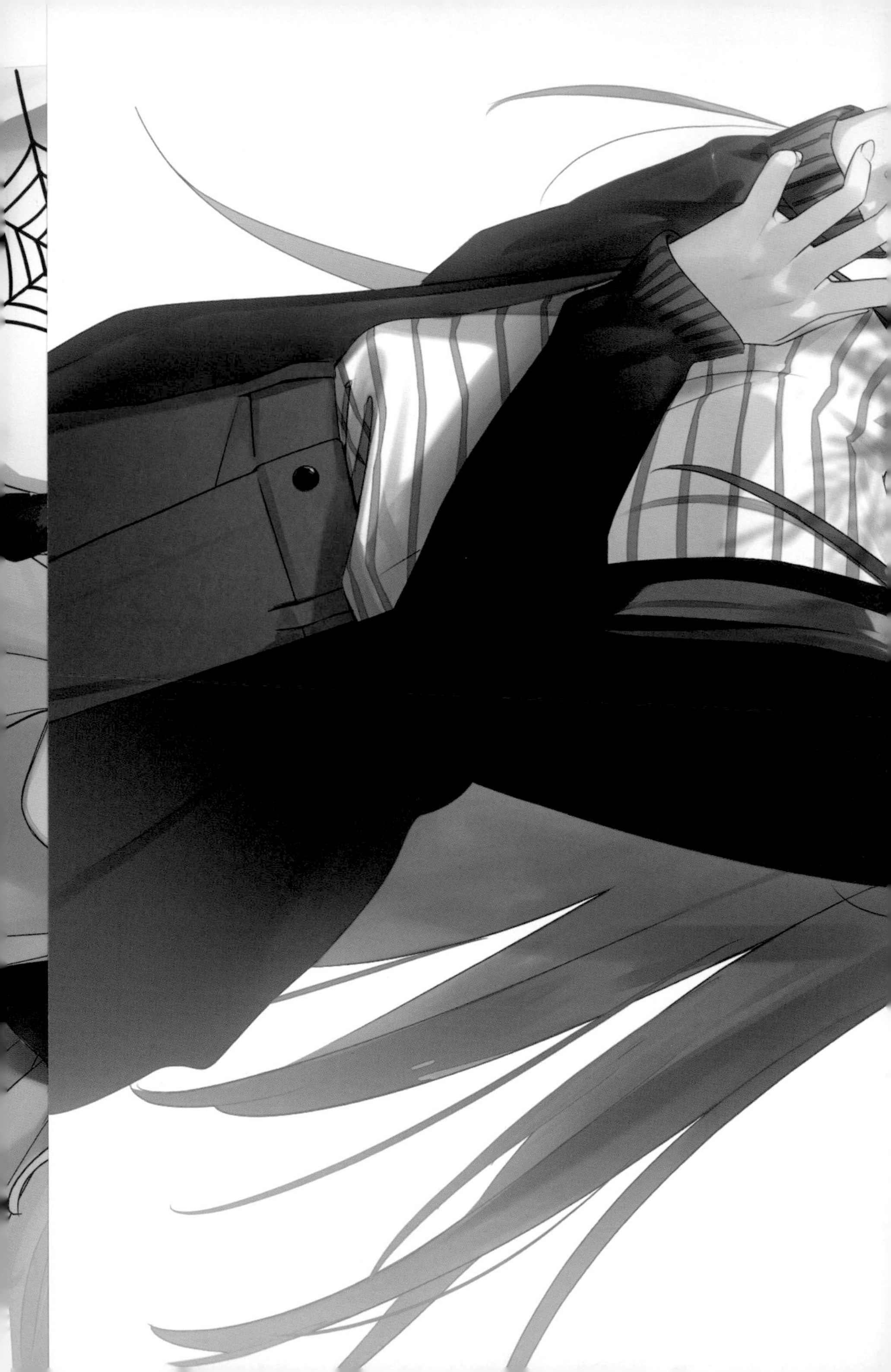

2
笑容崩壞的女高中生與不能露出破綻的我
we can't smile
Contents
目錄

第一章　鬼之風紀委員長②

風紀委員長。

身負管理學園治安此一權責，站在門口的不知火綾乃，彷彿要將銳利的視線狠狠刺入犯人身軀那樣，始終緊盯著我不放。

不知火綾乃手中舉起的竹劍，則帶來令人寒毛直豎的威壓。

毫無疑問，她想用竹劍斬砍犯人。

而現在，我依舊遵循著社長凜凜夜的指示，將暖暖陽壓在沙發上。

因為暖暖陽橫躺占據整張沙發的關係，我只能一隻腳站在地上，另一隻腳跪在暖暖陽的雙腿中間，最後彎腰對她進行搔癢。

然而，綜觀全場，現場沒有比我更像現行犯的對象。

此刻，鬼之風紀委員長・不知火綾乃渾身上下散發出來的氣息令人膽寒，導致有那麼一瞬間，我想要開口辯解——

——但是，某個人的喘息聲，將我多餘的想法扼殺於無形之間。

「呼……呼……呼……哈……哈……哈……」

已經被搔癢到失神的暖暖陽，露出了色情漫畫裡常見高潮容顏，也就是アヘ顔。

不光如此，她還一邊發出帶著顫抖的甜美喘息聲。

於是，場面徹底失控。

「至此、依然不肯悔改的惡徒嗎？……看來沒有與你進行對決的必要呢，因為你的劍，想必也充斥不知廉恥之徒的劣根性，帶著令人無法忍受的罪惡之臭。」

在伴隨深沉憤怒的嗓音落下的同時，不知火綾乃的耐心也消失殆盡。

她放棄了與我對決的打算，不再等我拾起腳邊的竹劍。

緊接著，她前踏一步。

有那麼一瞬間，她前踏腳步的身軀，產生了類似殘影的搖晃。

隨後，不知火綾乃瞬間穿越走廊與半間教室的距離，來到我與暖暖陽的面前。

「解救無辜之人於水深火熱之中，正是在下的人生格言，亦等同於——」

而她手中舉起的竹劍，與從朱唇裡流瀉而出的審判之語，在電光石火之間一起落下。

「——『**惡即斬**』!!」

斬下的竹劍快得超乎想像。

即使是我早有心理預期，也只能勉強看出目標是面部，然後偏頭閃過了這一劍。

竹劍從臉頰旁高速擦過，沒有收勢的打算，深深砍入了皮製的沙發中，導致沙發中填充的棉花沖天爆起。

這一劍的威勢，讓兩個人同時發出大叫。

「喂、妳來真的!?」

不單我的聲音響起。

在漫天飛舞的棉花雨中，暖暖陽驀然回神的叫喊聲也極為響亮。

「啊、人家的沙發!!」

我看向暖暖陽，她居然因為沙發被砍爆而回過神了，就這麼喜歡這個沙發嗎？雖然她確實常常躺在上面看雜誌跟吃零食還有發出對現實的抱怨啦。

「壞掉了、居然壞掉了！追隨者們奉獻給神之少女的供品壞掉了啦！」

露出嘴巴大張的誇張表情，整個人呈現屁股向後趴著的姿勢，暖暖陽抱著沙發受損的部位大叫。

喂喂，剛剛我的頭可是差點代替沙發被砍爆了喔，妳就不擔心我嗎？我不禁無語。

就在我略微分神的瞬間，不知火綾乃的聲音再次響起。

「不知廉恥的惡徒啊，面對在下手中的劍，你還有分神的餘裕嗎？」

伴隨話語追擊而來的，是又一次強勁的斬擊。

竹劍的軌跡，化為肉眼幾乎無法捕捉的黑影。

「──惡即斬！」

「呃啊、危險!!」

發出狼狽的叫聲，這次我從沙發上打滾到地板上，才勉強避開竹劍。

由於竹劍的力量太強，這次不知火綾乃依舊不及收勢。

擁有比首次出擊更強的破壞力，這次竹劍差點把沙發一分為二。

暖暖陽吃驚地，為了保住已經殘破不堪的沙發，她趕緊對著不知火綾乃出聲。

「嗚哇、快點住手啦！」

「別擔心，這個欺負少女的惡徒，不是在下的對手。因為正義的劍是必勝的！」

「不是啦！二藏同學那傢伙怎麼樣都沒關係，問題是沙發壞了，人家會沒辦法蹺課來這裡睡午覺啦！」

什麼叫「二藏同學那傢伙怎麼樣都沒關係」呀？好歹我們也是共犯關係吧。還有，原來妳平常會蹺課來這裡偷睡午覺嗎！

就在這時，站在角落袖手旁觀的凜凜夜忽然發出冷笑。

「話說，色情脂肪怪，這個突然闖入的傢伙可是風紀委員長哦？妳在她面前承認自己的罪行，這樣好嗎？」

先不論身為社長的凜凜夜卻在旁邊看戲這件事，這種對同伴毫不留情的提醒方式，確實很有她的風範。凜凜夜肯定是夥伴吃到菜蟲，就會立刻重點指出的那種人吧，讓小事也變得無法笑著帶過。

「哇啊！」

果然，意識到不知火綾乃的校內職位後，後知後覺的暖暖陽發出驚恐的大叫聲。原本臉上紅潮仍未消退的暖暖陽，現在臉變得更紅了，那顏色很像熟透的蝦子。她一邊用尷尬的表情抓頭，一邊這麼說。

「啊哈哈，人家剛剛什麼也沒說哦？妳就當作沒聽到吧？吶？」

簡直是欲蓋彌彰。

聞言，不知火綾乃的表情與她相反，罩上陽光也難以消融的寒霜。

「果然如此、這個社團……是藏汙納垢的不淨之地，充斥在下必須出手斬除的『惡』。」

不知火的話語尚未結束，她先將竹劍指向我，慢慢接續發言。

「……先是對同學施以非禮的色中惡狼。」

又將竹劍指向依舊抱著沙發的暖暖陽。

「再來，是枉費師長教誨，為了一己私慾而蹺課的失信之人。」

然後，竹劍接著指向的——是已經坐下開始喝茶的凜凜夜。

「最後，是對夥伴落井下石的負義之徒。」

隨著堅定信心般的話語落下，不知火再次高舉竹劍。

「——也就是說，『惡』的剷除刻不容緩。諸位，做好付出贖罪代價的覺悟吧！」

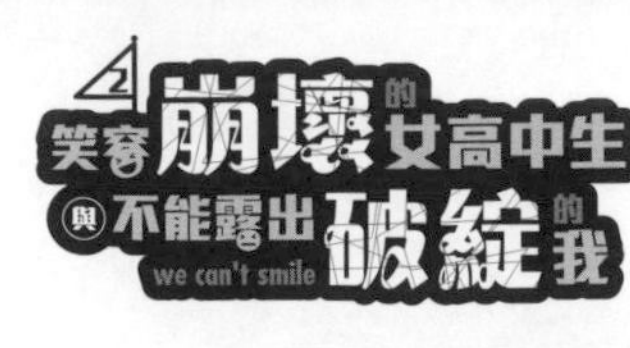

語畢，將言語重新付諸行動，不知火再次前踏。

這一步，彷彿穿越了空間，直接踏到我面前不遠處，並且揮劍斬下。

斬擊的軌跡依舊快得難以被肉眼捕捉。

勢若雷霆般的一擊。

但是，剛剛趁著不知火說話的空隙，我已經將原本滾落在地上的另一把竹劍拾在手中。

即使只能看到軌跡的殘影，但憑藉著多年練習劍道的經驗，我舉劍擋住了不知火的斬擊。

兩把竹劍交叉架住彼此，以雙方的發力點為中心，發出「喀喀喀」的角力聲。

就在我與不知火僵持時，一旁傳來暖暖陽驚訝的嗓音。

「哦哦！二藏同學之前說自己有劍道二段，居然不是吹牛的耶！」

以前在玩「友情認知大考驗」遊戲時，我曾經說明自己是劍道二段，沒想到暖陽一直都只是半信半疑。

多信任別人一點吧，好歹我們也是打算一起逃獄的共犯吧！

雖然在內心進行吐槽，但手上的動作卻一點也不能鬆懈。

因為從外表看來，不知火整體的肌肉量肯定不如我，卻能與我進行竹劍交叉相架的僵持與角力，這其中肯定有什麼問題。

略一觀察，不知火用來支撐身體的軸心腳，似乎在隨著我用力的幅度隨時進行細微調整。

就是這麼一個小小的動作，讓我原本架劍前推的力量，有近乎一半落入了空處。

這是在劍道中，被稱為「地卸」的高級技巧。

一般來說都是劍道五段以上的高手才會的技巧，卻在年幼的少女身上得到重現——

——驚訝於此的剎那，我不禁略微分神。

而不知火，沒有放過這個機會。

如同猛然竄出襲擊的獵豹，她的劍勢突然爆發，在我的氣勢衰退的那一瞬間進行反擊。

於是，雙劍分離，我被不知火的劍勢推得踉蹌後退，原本穩凝的防禦架式也宣告崩解。

「……這下子，結束了。」

抓準大好時機，不知火用快得令人難以置信的動作，擺出上段劍的架式，然後——朝我當頭斬下。

不知火在斬人時的表情既無悲也無喜，彷彿只是在進行一件、已經發生過無數次的慣常小事。

從那表情來推測，她的劍下，大概已經斬過很多很多的犯錯者。

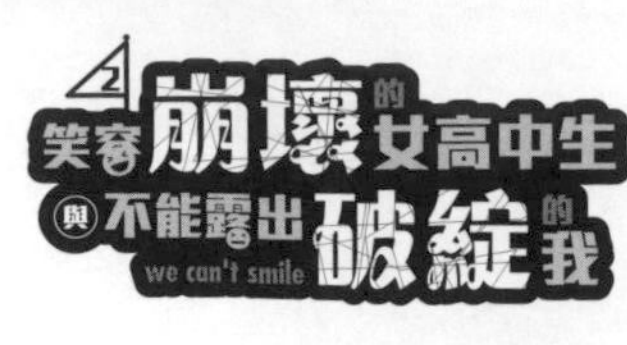

我也不例外——不知火大概是這樣想的。

但是，我不能輸。

因為我沒有退路，像我這種既沒有父母也缺乏友人的孤獨者，一旦敗退，就會落入萬劫不復的深淵。

與擁有家人關愛、也很多朋友的現充完全不同。孤獨的人沒有失敗的餘裕，人生中的每一步都必須走得如履薄冰，如果發生失誤，就註定面對他人冷眼旁觀的殘局。

所以，我絕對不能敗北。

「所以、我絕對不能敗北——」

口中之言，與心中所想一致。

已經落入崩潰邊緣的劍道架式，被我奮力踩穩。

但就算重新立起架式，我還是無法逃離遭到斬擊的命運。

因為搶到先手的不知火綾乃，此時早已揮劍下斬，按照正常的架擋手法，已經不可能進行防禦。

而她的劍速，也快到令我無法閃躲。

因此——

「因此，我只能使用那招了。」

因為是崇敬偶像宮本武藏才開始修行劍道，所以我使用的是二刀流。

與一般人的認知不同，二刀流是合法的技藝，就算在比賽中也可以使用。

但宮本武藏就算在實戰中失去了一把武器，肯定也不會輕易敗北。

因為他是宮本武藏，天下無雙的大劍豪。

身負「天下無雙」此一名號，上門奪名的劍客絡繹不絕，當年的宮本武藏勢必得謀定而後動，在事先的修煉中、潛心預想一切危機，才能對世事從容以對。

宮本武藏不容一次失敗，而孤獨者也是如此。

所以，現在這種只能用一把竹劍戰鬥、甚至架式被打崩的情況，也早已在身為孤獨者的我的預料中。

也就是說——

「——祕劍・一岸鴉渡！」

斜斜迎上的竹劍，在發出沉悶的「喀」一聲響後，架住了不知火由上而下的斬擊。

接著，在兩劍相黏的瞬間，我的竹劍彈開了不知火的竹劍。

「祕劍・一岸鴉渡」此招，乃是違背常理，將身體架式盡可能壓低，從下方斜斜迎上敵人的斬擊，並用低身位施展「地卸」將敵人的力量卸去的招式，並且藉由腰腿起身的力量，將敵人的劍身彈開。

亦即是劍道中的，以下犯上。

雖然很冒險，但正因為冒險，令人出乎意料，所以在關鍵時刻更加實用。

「!?」

原本面無表情的不知火綾乃，臉上的肌肉因為訝異而微微牽動。

或許是因為這份訝異，不知火沒有繼續進攻，而是後退半步。

「……你不是劍道二段。」

猶記得剛剛暖暖陽的發言，不知火緩緩說道。

「妳也不是。」

我如此回答。

礙於年齡所限，高中生最多也就只能考取二段的段位。也就是說，哪怕有三段、四段甚至五段以上的實力，就算是宮本武藏再世，在這個階段也就只能取得二段的段位而已。

所以不知火的評價，意指我擁有二段以上的實力。

說到這，不知火面容一肅。

「……但是，就算閣下並非劍道二段，也不會是在下的對手。」

用「閣下」加以敬稱，大概是因為不知火在劍道這方面認可了我的實力。

但不知火的語氣依舊很自信。

她略微翻轉手中的竹劍，將劍尖朝上。

然後，不知火道出她的想法。

「因為，在下手中的劍，比閣下預想中還要沉重。為了交換劍道上的強大，在下所背負的信念……也遠超你所能想像——

「——所以在下會斬！」

話及此，不知火的眼神變得更加凌厲。

「——斬掉閣下心中那邪惡的野望，斬掉閣下以武力為惡的妄念，以正校園清風。

「……——那麼，這次，真的是最後了。」

做出最後的宣告後，不知火重新高舉竹劍。

但這次，她的舉劍動作有了微妙的傾斜，並且劍身在不斷輕微顫動。

那顫動，如同黑夜中躍舞的火焰陰影，又好似雨天中爆起的電花流竄，是一種充滿不確定性的力量，而且那力量還在不斷快速集蓄累積。

力量累積……累積，直至極限。

甚至，不知火往前邁步的身影，也在那顫動中，像火焰的影子一樣變得模糊。

然後，不知火一劍斬出！

「——不知火流奧義．千百花撩亂焰斬！」

那是如同閃電下劈般的、曲折斬擊。

前所未見的強大的劍勢也帶起勁風，讓教室桌上的所有書本頁面翻飛起舞。

在那無數書頁翻動的雜動聲中，我內心閃過的所有想法，匯集成兩個念頭。

——閃不掉，而且很有可能擋不住。

——如果有另一把劍就好了。

無論如何，這來襲的一劍很強，我必須擋下來，不然就會敗北。

那麼，再用一次「一岸鴉渡」能擋住嗎？

答案並不確定，但必須得嘗試。

然而，就在我打算冒險再次施展「一岸鴉渡」來格擋的同時……

卻有第三者的聲音突然響起。

「不知火綾乃，住手。」

那似乎是凜凜夜的聲音。

但不知火並不理會凜凜夜的阻止，繼續斬出了「千百花撩亂焰斬」。

於是，以外行人完全看不清的神速，攻擊性的「千百花撩亂焰斬」，與防守性的「一岸鴉渡」正式交手。

一攻一守，也就是重演矛與盾的對決。

「一岸鴉渡」由下而上，接住了不知火綾乃的竹劍。

竹劍互擊的瞬間，發出「喀」一聲巨響傳遍整間教室，那聲音一直響蕩到走廊外，久久未消。

兩劍交相，先是陷入片刻膠著。

然後，「千百花撩亂焰斬」持續發威，維持下斬的劍勢，一點一點地開始下壓。

如同眼前所見，這次「一岸鴉渡」卻無法完全卸去敵人的力量。

我架劍往上支撐的姿勢，正在漸漸被不知火擊潰崩解。

——如果有第二把竹劍的話……

兩把竹劍僵持的時候，不斷發出「喀喀喀」的危險聲響。

就在我咬牙苦撐的同時，凜凜夜的話語再次傳來。

「不知火綾乃，住手。」

原本坐著喝茶的凜凜夜，此刻已經站起。

不知火斜眼向凜凜夜看去，她在維持下壓劍勢的同時，居然還有餘力出聲說話。

「拖延取勝的伎倆，對在下無用。」

「不，妳早就已經輸了。」

「哼，在下輸了？就算妳是個徹頭徹尾的外行人，也應該能看出眼前的情況吧？一般而言，除非這個不知廉恥的男人還藏有奧義或祕劍，不然一旦形成這種壓制的架式，勝負就已經揭曉了。」

對於凜凜夜的說法，不知火嗤之以鼻。

大概在她看來，凜凜夜的發言、簡直毫無意義。

然而，身為劍道大外行的凜凜夜，卻在這時候，朝不知火展示手中握著的東西。

那是一支掛著月亮吊飾的最新款 **iPhone** 手機。

「妳剛剛無故毆打這間社團的成員的過程，已經被本小姐錄影下來了。」

聞言，不知火不為所動，下壓的劍勢反而更加使勁。

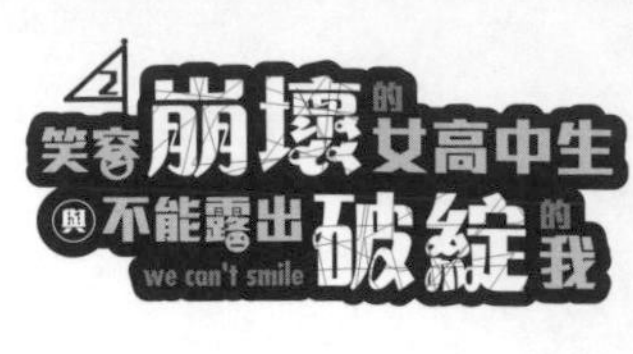

「那又怎麼樣？在下是風紀委員長，本來就有行使懲罰邪惡的資格。而且據在下所知，你們根本還沒向學生會遞出社團申請書吧？這裡並不是正式的社團。」

確實，因為一直沒有社團顧問的緣故，申請書始終無法向上遞出——也就是說，我們三人放學後聚在一起的行為，充其量只能稱為「同好會」。

涉足區區同好會的地盤，行使風紀委員長的權力，本來就是不知火的職權範圍。

不知火綾乃並沒有被簡單的恫嚇給嚇倒，而是理智地一一加以反駁，她的言語與劍道的風格同樣犀利。

這時候，凜凜夜露出她招牌的扭曲笑容。

「不知火，某方面來說，妳或許是正確的……但是，如果加上我的本名做為條件的話呢？妳還能堅持自己的立場嗎？」

「什麼？」

困惑使得不知火的眉頭皺起。

陷入思索中的她，終於扭頭看向凜凜夜。

而凜凜夜就連眼中也帶著笑意。

「聽好了，本小姐的的本名是……」

凜凜夜向不知火說出自己的本名。

「十九凜凜夜」原本就只是用於社團活動的共犯代號，她的本名在社團中也並不是祕密，但初次聽聞這個名字的不知火，卻在一瞬間瞳孔有了凝縮。

維持雙方架住竹劍的架式，距離不知火很近的我，沒有錯過她臉上的動搖。

「妳的姓氏居然是……難道說……」

凜凜夜雙手扠腰，直視對方的雙瞳。

明明在武力上很弱小的她，在這一刻卻產生了幾乎壓倒不知火的氣勢。

「沒錯，本小姐的父親是○○醫院的院長，也就是這間高中最大的金援股東。」

凜凜夜繼續說下去。

「如果沒有與本小姐產生交集的話，或許我動不了妳，但有這支影片為證，要說服我的父親出面影響理事長，進而撤換一個風紀委員長，想必不是難事。

「如果因此失去風紀委員長的身分，今後妳也沒辦法再執行所謂的『惡即斬』吧？所以了，住手吧。」

聽到這裡，不知火臉色變得難看起來。

「……也就是說，妳打算讓在下漠視邪惡，為了明哲保身，選擇放過你們？開什麼玩笑！」

說到「開什麼玩笑」這一句時，不知火的語氣已經滿蘊怒火，牙齒更是狠狠咬合。

隨同內心的憤怒，她竹劍下壓的決心與力量，也到達前所未有的劇烈程度。

這是不惜玉石俱焚。

不知火綾乃的剛烈，顯然超乎凜凜夜的想像。

哪怕會因此失去風紀委員長的職位，不知火也打算堅守心中的正義，將眼前的邪惡懲戒於劍下。

「等等、等等——!!」

大概是發現情況失去控制，凜凜夜的語速加急。

「——本小姐話還沒說完，我們根本不是妳想像中的邪惡，所以妳跟我們作對，一點意義也沒有！」

「胡說八道！這個男人剛剛不是壓著無辜的少女正在施行侵犯嗎！」

聽到凜凜夜的解釋，不知火反而更加氣急。

凜凜夜轉頭看向在一旁看戲的暖暖陽，狠狠瞪了她一眼。

「喂，色情脂肪怪，妳倒是幫忙解釋呀！」

「哦哦！交給人家吧！」

露出大夢初醒般的表情，暖暖陽停止那種抱著沙發、屁股向後的不雅姿勢，站直身軀並雙手抱胸。

然後，暖暖陽露出自信的表情。

「——沒錯，不知火，妳剛剛說錯了！」

「嗯？在下說錯了？」

不知火的眉毛依舊緊緊皺起，這次她轉頭看向暖暖陽。

凜凜夜也看向暖暖陽，用期許的目光注視這位逃獄共犯。

——沒錯，只要受害者出面進行解釋，再怎麼晦澀糾結的誤會，也能隨之冰釋瓦解吧。

於是，在眾人的聚焦之下，用與表情一樣自信的肢體動作，暖暖陽得意洋洋地雙手抱胸，然後道出解釋。

「——所以妳說錯了！不應該用『無辜的少女』來形容人家，該用『無辜的神之少女』啦！或者說『無辜的超級美少女暖暖陽大人』也可以！」

「「「!?」」」

我、不知火、凜凜夜三個人都在瞬間陷入錯愕。

「〰〰〰超級大白痴，重點根本不在那裡!!」

下一秒，一向冷靜的凜凜夜，居然氣得仰天發出恐龍般的咆哮。

並且，凜凜夜不知道從哪裡掏出了報紙折成的大型紙扇，整個人跳起來用紙扇朝著暖暖陽的頭上用力連續拍打。

「痛痛痛！好痛！幹麼打人家啦！人家又沒說錯——！」

因為疼痛而眼淚汪汪的暖暖陽抱頭發出大喊。

「所以說妳是大白痴，難道妳腦子裡的營養全部被胸部吸收走了嗎？剛剛那是多好的解釋機會妳知道嗎？給本小姐去角落蹲著反省一百萬年！」

但氣到快要發瘋的凜凜夜，卻喊得比暖暖陽更大聲，報紙折成的紙扇都快被她捏爛了。

「小氣鬼！亂生氣的惡臭發霉海苔！妳是因為自己是貧乳才藉機報仇的吧！」

「再胡說八道本小姐就用紙扇拍妳的腦袋，讓妳徹底清醒過來！」

「不要亂噴口水！還有妳剛剛已經拍過人家的腦袋了啦！」

暖暖陽繼續大叫。

而被如此回擊，凜凜夜越來越生氣。

「因為妳是大白痴，本小姐才打妳的腦袋！」

「妳才是大白痴！只有大白痴才會說別人是大白痴！」

明明我還在奮力架住不知火下壓的竹劍，但暖暖陽與凜凜夜卻在一旁開始吵架起來。

像是憤怒的鬥牛那樣，此時兩名少女額頭抵著額頭死死瞪著對方，雙方交織的怒火，擦出肉眼可見的火花。

「呶呶呶呶呶——」這是凜凜夜憤怒時的喉頭低吼。

「嗚吼吼吼吼——」這是暖暖陽憤怒時的喉頭低吼。

如果我能正常露出笑容的話，此時想必會搖頭露出無奈的苦笑吧。

「……——原來如此。」

正當我想要嘆氣的時候，位於我的上方，正以身軀下壓竹劍的不知火，忽然輕輕嘆息。

接著，她慢慢收回了竹劍上施加的壓力，並且後退兩步。

「或許在下有些地方誤會了也說不定，看來這個社團……不，這個同好會全是一群笨蛋，而笨蛋是沒辦法成為大奸大惡之徒的。」

不知火嚴肅地看向我。

「而既然與笨蛋為伍，想必閣下也並不聰慧；所能掀起的小小風浪，當然也缺乏讓在下出劍的價值……」

像是劍客忽然失去了自己追求的目標那樣，不知火顯得很失望。

她從我這取走竹劍，用很優雅的動作將兩把竹劍收回劍道包內，然後轉身離去。

在越過教室往走廊前進的路途中，不知火用憐憫的目光看向凜凜夜與暖暖陽。

「空有美貌啊……」

一邊發出嘆氣聲，不知火跨步走出教室。

而凜凜夜與暖暖陽這時候則轉移了仇恨目標。

她們瞪著不知火的背影，滿臉通紅露出惱羞成怒的表情，顯然很在意剛剛自己收到的評價。

「居、居然敢說本小姐空有美貌，小心本小姐用寫上千咒文的稻草人詛咒妳哦!?」

「妳剛剛罵誰是笨蛋啊，妳這貧乳女？說別人笨蛋的人才是笨蛋啦！」

雖然聽見了凜凜夜與暖暖陽的喊聲，但不知火綾乃離去的身影並沒有停頓，更是一次也沒有回頭。

但她的聲音透過空曠的走廊傳來，在臨走之前留下了最後一句話。

「雖然你們沒有讓在下出劍的價值，但是記住，在下可沒有放過你們的意思——就算是笨蛋所締造的邪惡，也是在下必須扭轉改正的義務。」

留下這種讓人不明所以的話語後，不知火轉身走下樓梯。

這時候，我們還沒有人明白她的意思。

於是，這一件「鬼之風紀委員長・來襲」事件，短暫垂下了帷幕。

隔天下午。

因為放學後沒什麼事，所以我們照慣例進行社團活動。

我到達社團時，暖暖陽已經躺在嶄新的沙發上、看著漫畫發出大笑聲。

而且桌上還放滿拆封過的洋芋片……這傢伙的日常生活過得還真是糜爛。

至於新的沙發從哪裡來，反正八成又是「信徒供奉給神之少女的供品」之類的理由吧。

因為不想聽暖暖陽炫耀自己的外貌，所以我沒有開口詢問。

雖然她真的很漂亮，胸部也確實很大，但還是不想聽。

「啊、二藏同學，你來了，要吃餅乾嗎？」

雖然依舊很生疏地叫我「二藏同學」，但暖暖陽指著桌上的洋芋片，大方地將食物分享給我。

而且她還縮起了脫掉絲襪後的裸足，在沙發上空出一個位置給我。

既然有沙發坐，那就沒有拒絕的理由。

正當我靠近打算坐下時，教室大門「哐啷」一聲地再次被拉開。

凜凜夜走了進來，發覺我打算在暖暖陽旁邊坐下時，忽然陰沉著臉快速走近，一屁股占據了我原本的座位。

「二藏，你去別的地方坐。」

「喔喔!?好。」

雖然不知道凜凜夜這麼做的理由是什麼，反正教室內本來就還有別的椅子，無所謂。

隨意挑選一張木椅坐下後，我忽然想起某件事。

「話說，凜凜夜，妳昨天說自己的父親是這間學校最大的金援股東，那是真的嗎？還是欺騙風紀委員長的權宜之計？」

「哦，是真的啊。」

凜凜夜靠著沙發椅背，一邊閱讀英文單字本，用漫不經心的語氣回答。

「我的父親確實是金援股東之一，去年捐給這間學校的錢大概有○○○○萬元吧。」

她若無其事地說出了一個很驚人的金錢數字。

暖暖陽聽見那數字後，維持躺著的動作，從漫畫上露出眼睛來。

但她的眼神中帶著鄙夷。

「哼……不愧是惡臭海苔，用金錢的力量使人屈服，還只是ＪＫ就有了骯髒大人的風範。」

「本小姐才不想被隨便收男生禮物的婊子這樣說！沙發又換過了沒錯吧？」

「誰、誰是隨便收禮物的婊子呀!?供品，說過那些只是供品啦！」

「還不是都一樣！」

凜凜夜的語氣非常不屑。

被凜凜夜這麼說，暖暖陽放下漫畫，瞪視凜凜夜。

「真的不一樣啦！」

「哪裡不一樣？難道妳腦部的腐爛程度，已經影響到言語理解能力了嗎？」

「什麼腦部腐爛啦！人家又不是殭屍，表情陰沉的妳才更像殭屍吧！」

兩名少女一個鄙夷一個不屑，似乎又要開始吵架。

我已經很習慣她們吵架，正當我打算裝作沒聽見時，忽然，教室大門「哐啷」一聲地再次被拉開。

原本社團成員已經全部到齊，所以大門忽然又被打開，我們三人都嚇了一跳。

往門口看去，門口站著一名背著劍道包、眼神銳利的黑髮美少女。

不知火綾乃。

或者說，鬼之風紀委員長。

她校服的穿著依舊如往常那樣無可挑剔的完美，徹底遵從校規的規範。

不知火綾乃就這樣在眾人的注視中走進教室，將劍道包往牆邊一靠，自己找了個空位坐下。

然後她盯著我們看。

像是小學生正在認真地觀察植物成長似的，直勾勾地盯著我們看。

原本正打算吵架的凜凜夜與暖暖陽，甚至都忘記了原本的目的，用懷疑的眼神看著這名不速之客。

先開口道出內心疑惑的人，是凜凜夜。

「喂，妳來這裡做什麼？」

語氣很不客氣。

而對於顯得有些無禮的凜凜夜，不知火則是平靜地回覆。

「觀察。」

「觀察？觀察我們嗎？本小姐可不想像動物園裡的猩猩那樣被人盯著看。」

「你們當然不是猩猩，但在下還是要觀察。」

真是四平八穩的回答方式，認真過頭的人都會這樣嗎？

哼了一聲之後，凜凜夜失去了耐心。

「所以說，這位風紀委員長大人，妳到底想觀察些什麼？」

然後，不知火綾乃依舊靜靜做出答覆。

「在下想要仔細觀察、你們究竟是不是值得在下出劍剷除的『惡』。」

「哼，就算是這樣好了，妳一定要像看猩猩那樣盯著我們不放嗎？」

「當然要看得仔細一點。因為，在下並非那種不明事理，舉劍就砍的粗人，武士的道義不允許在下那樣做。」

凜凜夜聽到這，忍不住一拍桌子。

「胡扯！妳昨天不是舉起竹劍就直接砍二藏嗎！說好的武士道義呢？」

「此一時、彼一時，為了扶助弱小……武士當然也有劍快過言語的時候。」

聽到不知火的答覆，凜凜夜顯然很不爽。

但凜凜夜與其說是因為我昨天被襲擊的事情而不爽——不如說，是因為言語交鋒落於下風才會如此不悅。

不服輸與爭強好勝，一直都是凜凜夜的最佳寫照。

於是，一直以來都依據心情行事的凜凜夜，立刻像趕蒼蠅那樣揮手下逐客令。

「那好，道義高貴的武士大人，妳看了這麼久應該觀察夠了吧？妳現在可以走了。」

但不知火的固執心，與凜凜夜的不服輸，顯然難分軒輊。

她搖搖頭，立刻否決凜凜夜的說法。

「不行，觀察『惡』還沒有得出結果，所以必須繼續。今天要觀察，明天也要，如此持續下去，直到在下得出結論為止。」

凜凜夜氣極反笑，用嘴角擠出一個扭曲的笑容。

「本小姐就明明白白告訴妳吧，身為社長、也就是身為社團主人的我現在已經下了逐客令，不管妳是風紀委員長還是武士什麼的都無所謂，總之這裡不歡迎外人。」

「不歡迎外人、嗎？」

像是在細細品味、咀嚼著凜凜夜的說話，不知火綾乃露出若有所思的表情。

而凜凜夜依舊很不客氣。

「沒錯，這裡是為了尋求笑容才建立的社團，不相干的閒雜人等，就跟上竄下跳的黑猩猩一樣愚蠢且無益，甚至沒有共享空氣的資格。」

「……原來如此，在下明白了。」

不知火點點頭。

看見對方點頭，凜凜夜表情微微緩和下來。

但是，不知火卻在下一句拋出了爆炸般的話語，讓凜凜夜嚇得站起身來。

不知火開口時，依舊維持一貫冷靜的表情。

「……既然是這樣，那在下就加入你們的社團吧。」

炸彈般的話語在耳邊響起，凜凜夜先是驚訝，然後表情徹底抽搐扭曲。

「所・以・說，為什麼妳會得出這樣的結論啊——！武士的思考迴路難道是橡皮筋做的嗎!?」

大叫聲在整間教室迴蕩。

而在那叫聲中，不知火平淡的聲音再次傳來。

「——因為在下考慮過了，你們可能會轉移陣地進行社團活動，如果躲到家裡或愛情旅館裡去的話，在下就無法跟隨監視了。綜上所述，加入你們社團才是最保險的做法。」

「才、才、才不會跟二藏到愛情旅館去勒！本小姐又不是色情脂肪怪那種Bitch!!」

凜凜夜偷偷看了我一眼之後，忽然變得滿臉通紅。

「人家不是Bitch！是神之少女！」

一直在旁邊聽著爭執的暖暖陽，在這時候忽然插口反駁。

相較於暖暖陽的不滿，紅透臉的凜凜夜則是揮手隨便帶過。

「隨便啦！反正本小姐絕對不會同意這個女人加……嗚~~~~」

話說到一半的凜凜夜，忽然被暖暖陽從背後摀住了嘴巴，然後往後拉扯。

暖暖陽用眼神示意我跟上，於是我們三人湊到了教室角落裡，聽暖暖陽開始分析情況。

暖暖陽的聲音雖然壓低了，但從語氣能聽出她很興奮。

「喂喂喂，這可是大好機會耶？」

「什麼大好機會啦！」

但凜凜夜依舊很不爽。

暖暖陽示意我們將耳朵湊得更靠近一點，然後傳出只有三個人聽得到的耳語。

「那個自稱武士的傢伙，可是風紀委員長耶？」

「所以呢？」

凜凜夜很不滿。

「也就是說，她有師長方面的上層關係，可以這麼理解對吧？如果她加入的話，要找社團顧問，事情肯定會變得輕輕鬆鬆又ＯＫ，對吧？」

輕輕鬆鬆又ＯＫ，這是哪門子的辣妹術語？算了。

但凜凜夜聽到暖暖陽的考慮，平常那副充滿不爽的招牌表情，居然慢慢鬆開了。

不光如此，她好像還有點感動。

「色情脂肪怪，也就是說，妳是為了這間社團，為了追尋笑容而在設想？只要能逃出『笑容的牢獄』的話，就算要妳忍受討厭的傢伙、也在所不惜？」

「沒錯沒錯！」

這間社團的宗旨就是追尋笑容，而這也是凜凜夜最在乎的事。

雖然還不清楚原因——但是，或許在我們這些「不能笑」的所有成員裡，凜凜夜是最執著於這件事的人吧。

於是凜凜夜露出思考的表情。

「沒想到區區的色情脂肪怪，也能擁有值得本小姐另眼相看的情操嗎？居然嗎……居然呀……」

「嗯嗯、嗯嗯，就是這樣，再多多誇獎優秀的人家吧!!」

暖暖陽用力點頭之後，繼續解釋下去。

「——而且如果有風紀委員長在的話，也能向學生會申請到更大的社團教室了，這樣就可以擺下更多家具，也能在櫃子裡儲存更多零食了，沒錯吧？」

「說到底妳還是為了自己嘛!!可惡的腐爛脂肪怪!!把本小姐的感動還來！」

凜凜夜氣憤地大喊出聲，表情變得比平常更加陰沉。

「沒辦法呀！信徒們供奉給人家的家具早就放不下了，誰教這間教室這麼小！」

暖暖陽也發出不滿的大叫聲。

凜凜夜後退兩步，雙臂抱胸，然後不爽地扭過頭去。

「嘖，果然啊、當初讓妳入社就是錯誤的決定！」

「什麼啊？要不是人家加入的話，二藏早就因為妳的表情太恐怖走掉了吧！所以人家不只胸部是最大的，就連功勞也是最大的好嗎！」

「別動不動就炫耀妳那噁心的胸部！」

「什麼噁心呀？妳這貧乳、貧乳海苔！嫉妒的樣子難看死了!!」

「妳說什麼——!!」

原本還親密地交頭接耳，互相商討戰術的兩名少女，此時卻徹底成為對立的敵人。

我與不知火綾乃無言地坐在一旁，忽然變成了戰局外的觀戰者。

「可惡的色情脂肪怪、色情脂肪怪——!!」

「該死的發霉海苔、發霉海苔——!!」

經過超過十分鐘的吵架大戰，兩名少女吵架到喉嚨嘶啞之後，都趴在桌上呼呼喘氣。

在凜凜夜與暖暖陽的大戰終於告一段落後，旁觀已久的不知火綾乃猶豫過後，終於小小聲地打破沉默。

「那個……所以，在下究竟能不能入社呢？」

凜凜夜無語片刻。

然後疲憊的她，露出一種「怎麼樣都好啦！」的無力表情。

「隨便妳啦！反正這間教室已經有這麼討人厭的色情脂肪怪了，也不差神經像橡皮筋的武士！」

「妳才討厭，討厭死了!!」

在暖暖陽的還擊聲中，不知火則是反思著凜凜夜給自己的稱號。

「神經像橡皮筋的武士……？在下嗎？」

不知火一邊思考，一邊寫著入社申請書。

先將入社申請書交到凜凜夜的桌上，不知火又思考許久後，終於轉頭向我看來。

「二藏閣下，你覺得呢？在下的神經像橡皮筋嗎？」

算我服妳了，別用這麼認真的表情問這種問題啦！

第二章　橡皮筋武士

在不知火綾乃加入社團後的第二天，放學後。

第一個到社團的我，正在與凜凜夜交談。

「所以說，既然妳的父親是金援股東，為什麼不利用這股力量來找社團的顧問老師？」

「利用金錢的力量？二藏，你居然覺得本小姐、是會做出那種骯髒的大人行為？我是那種不擇手段的女人嗎？」

呃……

如果實話實說，肯定會引起凜凜夜的怒火，還是算了。

「……總之，在追尋笑容，或者說『逃獄』的實際行動中，本小姐絕對不會向家裡的人求援。」

原本對我有些不滿的凜凜夜，在說出這句話時，話聲重歸平靜。

教室邊緣有及腰高的置物櫃，而凜凜夜此時正小心翼翼地將一盆室內盆栽擺在其上。

那盆栽是青藍色的陶瓷材質，用色及材料都相當高雅，是之前沒有見過的教室擺設。

也就是說，盆栽似乎是凜凜夜今天才帶來的。

話說，她今天會特別早抵達教室，似乎專程就是為了擺設盆栽。

盆栽裡栽種的植物，似乎是一種類似小型柳樹的植樹，枝幹有些粗糙，但葉子茂密細緻而又蔥綠。

凜凜夜仔細地用手指撥平土壤，並不斷轉移盆栽角度用心查看，似乎生怕出一點差錯。

接著，彷彿察覺了我從後方看去的視線那樣。

背對著我的凜凜夜，沒有回過頭，就這麼將表情藏於未知之中，忽然靜靜地對我發話。

「……二藏，你知道這是什麼植物嗎？」

「嗯？是小型柳樹吧？」

照著原先的猜測，我下意識如此回答。

我答話後，凜凜夜依舊沒有回頭，並且陷入長久的沉默中。

她既沒有用挖苦的語氣稱讚我答對，也沒有譏諷我答錯，與平常的凜凜夜有點不一樣。

「沒想到區區的黑猩猩，也懂得人類的知識呢。」

她應該要這麼說的。

可是，此時莫名陷入沉默的凜凜夜，卻帶給我一種陌生的感覺。

就在我有些不知所措的同時，忽然教室大門被人用力推開。

「──鏘☆鏘★──凡夫俗子們唷，恭迎神之少女的颯爽降臨吧!!」

一貫用神氣活現的姿態扠腰現身，暖暖陽站在教室門口。

她第一眼就看見了正在調整盆栽的凜凜夜──接著，暖暖陽露出有點扭曲的竊笑。

暖暖陽走近，一邊彎腰側頭觀察凜凜夜，然後拖長語調發言。

「嘿──!?真稀奇呢，惡臭海苔也會布置教室？昨天不是還嫌人家為了一己之私，想讓教室變大，所以瞧不起人家嗎？果然妳也有像女孩子的一面嘛，喜歡把環境布置成閃閃發亮的模樣。」

閃閃發亮的環境到底是什麼樣啦！

但就在我內心吐槽的同時，暖暖陽忽然歪頭看向我。

「二藏同學，你肯定在心裡想『閃閃發亮的環境是什麼樣』吧？」

好恐怖的直覺！

因為心聲突然被道出，我的背脊不禁如觸電般縮起。

「妳怎麼知道!?」

「哼～嗯～答案不是顯而易見嗎？」

將食指豎在脣前，暖暖陽俏皮地閉起單眼。

「因為二藏是不受女孩子歡迎的處男嘛，處男的心思最好猜測了，超級好猜的唷！」

別瞧不起處男啊！就算妳用這麼可愛的表情與動作說話，我也不會原諒妳！

緊接著，映入我視線中的一幕——是凜凜夜高高舉起了手。

她手中握著昨天使用過的報紙摺扇，然後「啪」的一聲用力往暖暖陽的頭上打下去。

「吵死人了！不要在本小姐想心事的時候過來打擾!!」

連語氣也是凶巴巴的。

以雙掌按著挨打的部位，暖暖陽發出氣急敗壞的大叫聲。

「什麼呀！誰知道妳在想心事，不要亂打別人的頭啦！可惡的暴力海苔!!」

就在凜凜夜與暖暖陽即將爆發吵架大戰之前，教室門口忽然又響起另一道聲音。

「充滿暴力與惡言，果然這裡是罪惡的根源嗎……在下忍辱負重潛入此地，果然有其價值。」

依然背著劍道包、不知火綾乃站在教室門口，用淡漠的表情靜觀一切。

「親自投交入社申請書算哪門子的潛入啦——!!啊啊——真是夠了，這間社團怎麼除了人家之外沒有半個正常人啦!!」

最終。

抱住腦袋，暖暖陽受不了刺激地發出傳遍整層樓的大叫。

這是不知火綾乃加入後的第一次社團活動。

雖然直到現在還沒有社團顧問，甚至連社團名都還沒取，但成員增加到四人後，原本冷清的教室，終於有了小小的熱鬧氣象。

「那麼，照慣例，先向新進社員說明本社團的宗旨。」

由身為社長的凜凜夜站在黑板前說明，而其他三人則坐在臺下聽講。

「本社團創立的宗旨，在於尋找笑容。但務必記住，我們這些因為尋找笑容而抱團取暖的人，既不是朋友，也非夥伴，充其量只是『被迫合作逃出笑容牢獄』的共犯關係，懂了嗎？」

凜凜夜緩了一口氣之後，繼續說下去。

「……所以身為共犯的我們，並沒有建立起親密的聯繫——就算在校園中碰見了也沒有必要打招呼，不如說裝作陌生人最好，可以避免意料之外的麻煩。」

聽見凜凜夜的發言，暖暖陽將手肘撐在桌上，用手掌托住下巴，眼神輕微飄開。

「嘿欸……不是朋友嗎？真無情呢。」

而不知火則微微瞇起雙眼，輕聲重複剛剛聽聞的某個詞彙。

「尋找笑容、嗎？」

話說回來，我從來沒見過不知火綾乃的笑容。

暖暖陽與不知火似乎各自在內心產生某種想法，一時之間都變得安靜許多。

過了片刻，凜凜夜一拍黑板，將眾人的注意力重新集中到自己身上。

「再來，講解一下本社團目前的兩條社規。」

「社規其之一——使用共犯代號區別彼此。」

「社規其之二——社員之間禁止戀愛。」

聽完社規的複述後，暖暖陽打了個哈欠。

「這些人家早就知道了啦！」

「又不是講給妳聽的，笨蛋脂肪怪!!」

凜凜夜繼續說了下去。

「再來是社規其之三——賭上一切追求笑容!!」

哈欠終於止住，暖暖陽白皙的臉蛋染上些許訝異。

「這條是什麼時候有的!?」

「本小姐臨時決定的，因為社員變多了，社規也得多一點才行。」

「妳也太任性了吧！這算什麼理由嘛！」

凜凜夜無視暖暖陽的抱怨，拍了拍手掌，自顧自地打算立下結論。

「好了，大家都能遵守社規吧？既然這樣的話，就開始……」

然而。

然而，就在這時，凜凜夜的話聲卻被某人突兀地打斷。

「──抱歉，在下不能遵守社規。」

懷中斜抱著劍道包，坐在位置上的不知火表情很嚴肅。

雖然她的話聲並不高，但那彷彿足以斬斷鋼鐵的堅決語氣，象徵著屹立不搖的決心。

凜凜夜是以社長的身分在認真發話，此刻遭到反對，意義性比想像中還要嚴重許多。

所以聽見反對的聲音，凜凜夜的表情變得有點難看。

「不知火綾乃，妳為什麼不能遵守？」

她用生硬的語氣質問不知火，甚至都叫出了對方的全名。

不知火先是沉默片刻，整理好思緒後，才慢慢答話。

「使用共犯代號，還有禁止戀愛，這兩條對於在下來說無所謂──但是，在下不能追求笑容，也不會協助你們追求笑容。」

「所．以．說，為什麼？」

用危險的緩慢語氣發問，凜凜夜的表情更難看了。

這時候，我注意到不知火綾乃抱著劍道包的動作，比原本更加收緊。

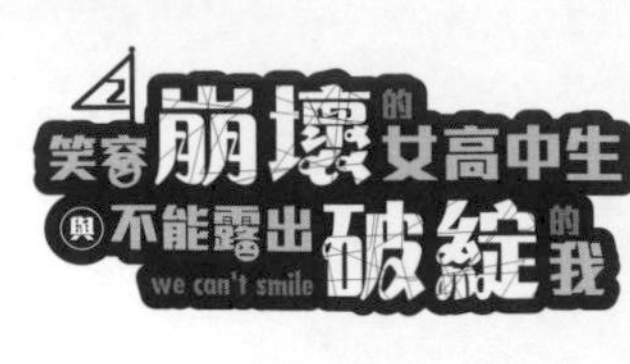

就像想向懷裡的竹劍尋求認同那樣，不知火深呼吸過後，終於再次發話。

「因為笑是不對的，笑會讓一個人變得弱小，輸掉原本能贏的戰鬥。」

「……」

在凜凜夜僵著臉不語的同時，不知火將話語接續下去。

「吾身即是劍，劍即是吾身，為了將己身化為極致之劍，犧牲笑容做為代價是必須的——這樣的理念，現在是，以後當然也會遵循。所以了，凜凜夜閣下，請恕在下不能答應妳的要求，唯獨第三條社規，在下絕對不能答應。」

凜凜夜盯著不知火直看，像是想探究彼此內心最深處的想法那樣，深深望入對方的眼瞳之中。

然後，凜凜夜冷著臉發言。

「所以說，妳原本能笑，但不想笑？」

「是。或者說不能笑，在下絕對不能笑。」

「不想笑？不能笑？」

凜凜夜重複剛剛不知火的話語。

像是感到極其荒謬那樣，她的語音變得高亢。

「……我們是抱著什麼樣的決心在追求笑容，妳知道嗎？」

「……」

眼看對方不說話，凜凜夜繼續追擊。

「……遭受『不能笑』的牢獄囚禁，為了逃離這樣的苦楚，一路成長過來的辛酸，妳能夠理解嗎？」

「……」

不知火依舊沉默。

凜凜夜雖然以言語不斷進逼，但那微微發顫的嗓音中，卻隱含著某種不得不為的掙扎。

——那是彷彿要將失去的笑容、所導致的辛酸與血淚，一口氣化為言語傾訴而出的，奮力掙扎。

不想被否定。

絕對不想被否定。

我能夠理解凜凜夜憤怒的原因——假若在這裡被不知火否定的話，過去一切為了「追尋笑容」而付出的努力，都會在這一刻化為泡影，映成可笑的空談。

在這時候，暖暖陽忽然將椅子挪近我的椅子，並且用手肘偷戳我的側腹。

「喂喂，二藏同學，氣氛好像忽然變得很尷尬耶？」

「妳這個氣氛破壞者居然也看得出來。」

——為了避免暖暖陽生氣，上面那句話只在內心閃過。

時常不按常理行事的暖暖陽，居然也懂得讀空氣嗎？

「如果她們鬧翻的話，說不定不知火同學就會氣得當場離開耶，這樣的話我們

『更換超大的社團教室』這個野望不就落空了嗎？漫畫都快放不下了耶！」

追根究柢還是因為漫畫啊，妳這傢伙。

還有，請不要把這種事情稱為「野望」謝謝，這大概是有史以來最渺小的野心。

「總之，二藏同學，你就出面說個笑話來緩解氣氛吧？」

「為什麼是說笑話？」

「因為，男生在想搞好與女孩子之間的氣氛的時候，不是都會說笑話嗎？人家身邊那些信徒們都是這樣的！」

「萬一笑話說得不好呢？」

「放心吧，女孩子碰到努力說笑話的男生，肯定都會露出溫柔的表情的唷，這是人家的經驗談!!」

毫無疑問，暖暖陽正在用很認真的表情，說出很無厘頭的解決方案。

說笑話的那套方法，是喜歡妳的男生們專門用來討好妳的方式吧！真是不可靠。

也是，我怎麼會對十四公分與十四公尺都分不清楚的傢伙有期待呢？

但是，我還來不及否決，暖暖陽就有了動作。

「那、那個，大家聽我說！」

突然出聲的暖暖陽，成功吸引了凜凜夜與不知火的注意力。

她們原本互相瞪視的目光，即使在轉移到暖暖陽身上之後，也是異常不滿。

暖暖陽大概被看得慌了手腳，她雙手亂搖，立刻把壓力來源拋到我身上。

「二藏同學呢，有一個超～～級有趣的笑話要對大家說哦？不如聽一下吧？吶？好嗎？」

「「……」」

這次，面無表情的凜凜夜與不知火看向我。

笑話？居然要在這種時候說笑話？她們原本看向暖暖陽的時候還只是不滿，現在瞪著我時，則將「不滿」颯爽昇華成了「不爽」。

在網路遊戲裡，這種情況就是所謂的「仇恨轉移」吧。我正在被兩隻可怕的精英怪敵視中。

已經是騎虎難下。

完全處於風尖浪口。

但是，一向以「無破綻人生」為最終目標的我，當然不會因為這點小事慌了手腳。

打個比方，宮本武藏會因為遭遇偷襲而驚慌失措嗎？肯定不會。

所以，只要冷靜下來，這點小事我就能順利解決。

反正只要說出好笑的笑話，就沒問題了對吧？

以我的幽默感，這顯然並不困難。因為我很有自信，自己的幽默感與劍技不相上下。

於是，像相聲節目的主持人那樣誇張地將雙手張開之後，我開始說笑話。

「有四個人被困在一間密室中，其中混有一個逃犯，他們的名字分別是『鍋鍋』、『燒燒』、『意意』、『麵麵』，請問——誰才是最需要小心對待的危險人物？」

「「……」」

凜凜夜與不知火盯著我，表情不善地陷入沉默。

她們好像不想回答，氣氛尷尬到彷彿快要凍結。

幸好，面對精英怪，我這邊也有盟友提供助攻。

暖暖陽急忙出面助攻。

「那、那個呢，就姑且回答一下看看吧？說不定笑話會跟二藏同學的臉一樣好笑哦？」

妳說跟誰的臉一樣好笑！

「吶，拜託了，就回答一下吧？」

在暖暖陽殷切地催促下，凜凜夜與不知火終於乾巴巴地開口作答。

「鍋鍋。」這是凜凜夜的答案。

「燒燒。」這是不知火的答案。

哼。

果然猜不中嗎？不愧是我二藏所創出的笑話。

於是，為了進一步加強節目效果，我一邊對她們搖晃著食指，嘴裡一邊發出

「嘖嘖嘖」的聲音。

「妳們錯了——大錯特錯啊，給我聽好了，答案是——」

我先環顧觀眾們的臉，然後刻意做出停頓。

「——答案是，意意!!」

一邊做出解答，我一邊模仿著相聲節目主持人，將狀似無奈的手張得更開。

「為什麼呢？因為有一句成語，叫做『小心翼翼』！（小心意意）」

一秒鐘過去。

兩秒鐘過去。

「「「…………………………………………」」」

凜凜夜、不知火、暖暖陽，三個人臉上的表情從兩秒鐘前就凝固至今，臉部僵硬到近乎抽搐。

然後，首先反應過來的是凜凜夜。

「垃圾笑話！浪費本小姐的時間！」

凜凜夜瞪著我，滿是不爽地大喊。

不知火的表情也沉了下去，這是我看過她最不悅的神情。

「……垃圾笑話。」

最後是暖暖陽。

「垃圾笑話！真是垃圾到了極點!!」

暖暖陽也露出看到蟑螂的鄙夷表情，指著我拚命發出大喊。

「就妳最沒有資格這樣喊我!!說好的溫柔經驗談呢？」

對著暖暖陽，我忍不住漲紅了臉憤然回喊。

「笑話作戰」不是妳提議的嗎！可惡的傢伙!!

還記得剛剛暖暖陽是怎麼說的？『放心吧，女孩子碰到努力說笑話的男生，肯定都會露出溫柔的表情的唷，這是人家的經驗談!!』

叛徒、叛徒，果然我不能相信其他人類，必須遵從宮本武藏的孤獨之道才行。

一邊在內心如此嘆息，我走到窗戶旁拉開窗簾，用感嘆的神色望向漸漸西沉的夕陽。

橘紅色的夕陽，映照在我的側臉上，更顯出了那份……眾人皆醉我獨醒的落寞。

「果然嗎……我二藏的道路，與其他人不同。看來，也只有打算繼承『天下無雙』名號的我，能夠連忍受寂寞的恐懼一起斬掉！」

而在我輕嘆發言的同時，背後傳來不知火小小聲的詢問。

「那個，暖暖陽閣下，雖然在下剛加入社團就如此相詢未免失禮，但二藏閣下是怎麼回事？他是不是有點……異於常人？」

「啊哈哈，異於常人？妳的形容還真是客氣呢。二藏同學那傢伙有很嚴重的中二病啦，之前還說過『我在注視著這個天下』這種話呢！」

「原來是這樣啊……在下理解了。」

不知道為什麼，不知火在說明自己理解的時候，話聲帶上了深沉的憐憫。

凜凜夜也哼了一聲，在這時候出言補充。

「別在意，反正二藏是社團裡最怪的中二病笨蛋，就算他忽然爬到樹上開始吃香蕉、或是搥著胸口『呼嗚嗚』大叫也不要感到意外。」

妳到底要把別人當成黑猩猩多久啊!!

但是，中二病？我嗎？

被身後的三名少女這麼誤解，就算脾氣一向很好的我，也感到非常不滿。

這一天，由於天色已晚，所以社團活動在不久後就解散了。

在晚上打工的時候，「中二病」這三個字始終徘徊在我腦中不散。

因為，怎麼可能呢？

追求「天下無雙」、極致的「無破綻人生」的我，怎麼可能會是這麼廉價的詞彙可以形容。

於是，帶著些許困擾與鬱悶，在用餐後的休息時間，我找到八王子前輩。

八王子前輩今天也一樣帥氣，那燙得筆直的黑色西裝，束成馬尾的略長金髮，加上藝術品般精緻的俊美容貌，依舊引起許多女客人的尖叫聲。

像以前那樣，我與八王子前輩一起坐在後門的石階上。

首先打破沉默的人，是內心充滿困惑的我。

「八王子前輩，是這樣的，我今天在學校說了『也只有打算繼承天下無雙名號的我，能夠連忍受寂寞的恐懼一起斬掉!!』這句話，這樣的臺詞你覺得怎麼樣？」

八王子前輩思考了兩秒，先是露出溫柔的笑容，然後才笑著豎起大拇指。

「放心吧，簡直帥呆了。」

「啊啊……八王子前輩你這麼說，我就安心了。」

看到八王子前輩豎起的大拇指，我鬆了一口氣。

果然嗎，連完美無缺的八王子前輩都這麼說了，我二藏怎麼可能會有中二病。

也就是說，這句話果然很帥啊。

那種廉價的形容方式，不符合我的追求與理想。

於是，在安心之後，我背著手看向月亮，再次嘆氣說出自己覺得很滿意的臺詞。

「……也只有打算繼承天下無雙名號的我，能夠連忍受寂寞的恐懼一起斬掉！」

「噗哧。」

背後忽然傳來奇怪的聲音。

但我轉過頭看去，八王子前輩依舊一臉和藹，他就連坐姿也像往常那樣，看起來超級完美。

……是聽錯了吧。

所以說，果然是社團裡那三個傢伙聯合起來，打算誘騙我上當吧。

於是，我在點頭滿意於自身格調的同時，我也暗自立下決心，絕對不能輸給她們。

「很好，從明天開始，我要更加努力達成『無破綻人生』的目標，情報筆記也必須完善，首先必須把不知火綾乃也加入筆記中！」

盯著皎潔的月亮，我緊握拳頭，燃起火焰般的強烈鬥志。

隔天。

放學後，四名成員很快匯集於社團內。

雖然說法是大家一起參加社團活動，但其實也就是待在同一間教室裡做自己的事而已。

凜凜夜在讀書，暖暖陽躺在沙發上看漫畫，不知火則細心地擦拭竹劍。

而我──

為了記錄情報筆記，我今天一直仔細地觀察不知火的行動，這傢伙肯定也有弱點吧。

五分鐘過去。

十分鐘過去。

「那個……藏閣下不知道為什麼一直盯著在下，使在下感到有點噁心。」

不知火綾乃放下竹劍。

她露出一種感到不太舒服的表情，並且，像是下意識想要逃避我的視線那樣，她用右手掌抓住左手上臂，身體微微弓縮起來。

凜凜夜馬上從書本裡抬起頭，狠狠瞪向我。

「喂，中二人，你不要一直盯著別人看！」

誰是中二人啊！

「啊哈哈——沒錯沒錯!!人家終於明白了啦，二藏同學的二，是中二的二唷！」

連暖暖陽都在旁邊露出對朋友專用的燦爛假笑來嘲笑我。

果然嗎……這些傢伙是嫉妒我二藏的格調啊。

但既然被這麼說了，我也不好意思再盯著不知火綾乃看。

——啊、對了。

用「那種方式」開口的話，就能更加瞭解不知火，藉此將情報筆記完成吧。

突然閃過腦海的某種主意，促使我開口發言。

「話說回來……按照社規，每個人都要有自己的『共犯代號』，對吧？不知火同學還沒有代號呢。」

聽聞我的話語，凜凜夜點點頭。

「嗯，難得黑猩猩也會提出像樣的建議，那就四個人一起來開會，決定一下不知火的共犯代號吧。」

於是，教室內的桌子被移動，並且併成一個長形的臨時會議桌。

我與暖暖陽坐在左邊，不知火綾乃坐在右邊。

凜凜夜則坐在最前方議長的位置，然後拿起玩具充氣槌子，在桌上一敲。

「不知火綾乃，本小姐要事先聲明，我可沒有原諒妳『不願意追求笑容』這件事。但既然妳已經成為了本社團的成員，本小姐也不是心胸狹窄的人，當然會寬宏大量地忍受妳，勉強等待妳回心轉意。」

「……」

不知火低頭盯著桌面看，也不知道在低頭想些什麼，只是保持沉默。

緊接著，凜凜夜再次拿起玩具充氣槌子輕敲桌子。

「那麼，事先的宣告也完成了，我們就來討論一下這位新進成員的『共犯代號』吧？不如叫『不肯配合的糟糕共犯』怎麼樣？」

「嗚哇——真差勁！妳這塊腐爛海苔明明就是心胸狹窄嘛！真小氣，連胸部也小。」

「色情脂肪怪，妳說什麼——！！！！！誰心胸狹窄胸部也小！！！！！」

凜凜夜氣得滿臉通紅，像是要洩恨那樣用充氣槌子狂敲桌子。

但她馬上意識到自己的行為有些失態，這樣看起來會更像小氣的人。

於是，凜凜夜乾咳一聲，先是整理頭髮，然後擺出正經八百的表情。

「乾脆這樣吧，不如我們對這位新進社員提問，先加深對彼此的瞭解，再來取共犯代號？」

喔喔！明明剛剛還很生氣，但凜凜夜居然能馬上冷靜下來，說出這麼有道理的話！某方面來說這也是一種才能。

聞言，不知火點頭首肯。

「……可以，請提問吧。」

凜凜夜馬上發問。

「妳身高多少？」

「一百六十一公分。」

「體重呢？」

「四十四公斤。」

連續的兩個提問都沒有難倒不知火，可是，凜凜夜馬上拋出重磅炸彈。

「胸部呢？妳是什麼罩杯？」

「唔……!!居然是這種不知廉恥的問題……!!」

因為有男生在場，不知火偷瞄我一眼，然後馬上臉紅了。

她躲避我的視線，低頭盯著桌子小聲提出反問。

「……這種問題，是每名成員都必須回答的嗎？凜凜夜閣下與暖暖陽閣下，妳們有過嗎，當著這個男人的面回答？」

凜凜夜的嘴角，在此時翹起詭計得逞的邪惡弧度。

然後她用理所當然的口氣，做出答覆。

「——那當然，本小姐是C罩杯，色情脂肪怪是F罩杯，早就當著二藏的面回答過了！」

凜凜夜取巧了。

之前是在玩提問遊戲時，大家才進行比較大膽的提問與回答，並沒有發生「入社提問中回答罩杯」這種事。

可是，凜凜夜也並沒有說謊，她只是巧妙迴避了不知火的提問，然後自顧自地說出另一部分的事實而已。

另一種層面，要讓不知火回答相同的問題，也是出於『不能只有我遭到羞辱』的扭曲心態吧，緊緊抓住對方的腳一起拖下泥沼，真是可怕的敗者心理。

「耶嘿——!?」

暖暖陽也發現了這點，於是拖長了語調發出感想聲，然後做出評論。

「發霉海苔，果然妳很小氣呢。」

「吵死了！本小姐一點也不小氣！」

在惡狠狠回應暖暖陽後，凜凜夜重新把視線投到不知火的身上。

她雙手盤胸，穿著及膝絲襪的兩隻腳也互相交疊，擺足議長的姿態。

「那麼，答案究竟是什麼？妳胸部有多大？」

「嗚……!!」

不知火綾乃又看了我一下，臉上越來越紅。

「在下可以回答——但是，至少先讓這個男人離開教室進行迴避，這樣如何？」

「不行！因為本小姐之前也受過同樣的羞辱！」

完全沒有任何猶豫，凜凜夜立刻拒絕。

不知火的十指放在身前不斷互絞，她內心的猶豫，透過肢體動作表露無遺。

她臉上越來越紅，原本就很清秀的臉蛋看起來比平常更可愛，很難想像是會到處提起竹劍斬人的劍士。

「但、但是……不知火家的劍士，怎麼可以在男人面前回答這種不、不知羞恥的問題——」

「……這樣啊，妳不願意回答嗎——」

凜凜夜依舊維持雙手抱胸翹腳的動作，然後輕輕點頭。

「——原來所謂的武士，與本小姐心目中的不一樣呢。」

話題忽然轉到了武士身上，讓不知火有些不知所措。

「妳、妳說什麼、什麼不一樣？」

凜凜夜長嘆一聲。

「本小姐心目中的『真正的武士』呢——絕對不會拋下受辱的夥伴，選擇成為獨善其身的卑鄙小人。」

「……」

不知火綾乃紅著臉，緊咬牙關。

她在進行最後的內心掙扎。

凜凜夜的視線飄向天花板，撫摸著下巴，繼續發言追擊。

「哎呀哎呀，不知道『真正的武士』在哪裡呢？真令本小姐好奇，難道到了這個年代，我們國家已經沒有『真正的武士』了嗎——!?真期待看到『真正的武士』的儀態出現呢。」

一句又一句的「真正的武士」，凜凜夜都刻意強調著發音。

而這些詞彙，終於戰勝了不知火內心最後的猶豫，成為壓倒駱駝的最後一根稻草。

於是。

於是，平常端莊嚴肅，一直冷著臉的鬼之風紀委員長，終於通紅著臉發出崩潰大吼聲。

「啊啊、啊啊啊啊啊啊——在下說！在下說出答案就是了！在下當然是真正的武士——!!」

將緊握的兩隻拳頭放在桌上，不知火在大吼時，甚至用力到身體前傾。

臉紅到像是要滴下血來，巨大、強烈的羞恥讓不知火的理智已經失常。

於是，不知火終於說出答案。

「在下是E罩杯！E罩杯！E罩杯！在男人面前說出了答案，這樣閣下滿意了嗎!!在男人面前——陌生的男人面前——」

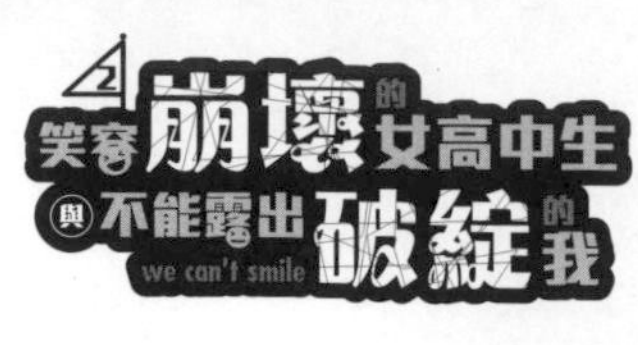

發狂似地連續說了三次答案後，不知火緊握拳頭前傾的身體，忽然產生了類似肌肉僵硬的停頓。

然後，像是在發狂過後取得了短暫清醒那樣，不知火紅著臉，用很慢很慢的速度轉頭向我這邊看來。

我與不知火互相對視。

「——陌生的——男人——面前——!!」

然後，在意識中認清我的存在後，勉力將話語接續的不知火，一藍一紫的異色瞳中徹底染上絕望。

「呃啊啊啊啊啊啊啊!!」

像是崩潰當機那樣，不知火頭頂冒出肉眼幾乎可見的白煙。

接著，她忽然站直身軀，速度快到連椅子都踢倒了。

然後，不知火用超快的速度拉開劍道包的拉鍊，將裡面接近十把竹劍倒在桌上。

一把抄起竹劍握在手中的不知火綾乃，顯然已經因為絕望而失去了理智與判斷力。

此刻的她，大概腦海中只剩下「在下是真正的武士」這個想法吧。

而武士當然是要用劍的。

仔細一看，不知火的異色瞳已經變成類似漩渦的混沌狀態。

「哈哈哈哈哈～～～～～呼哈哈哈哈～～～～～在下是真正的武士——真正的武

士——『不知火流奧義・亂焰圓舞破空斬！』」

此刻，胡亂朝著四面八方揮劍的不知火，頓時成為了這間教室裡最危險的存在。

凜凜夜與暖暖陽一邊發出尖叫，快速逃出了教室。

「喂，危險死了!!二藏，快阻止她，不要讓她隨便破壞東西！尤其本小姐的盆栽一定要保住！」

「對，還有記得人家的沙發，也一定要保住!!」

躲在教室門口，凜凜夜與暖暖陽大叫發言。

妳們說得倒是簡單!!

但混沌狀態的不知火、馬上盯上了我，嘴裡還喃喃自語著意義不明的話語。

「男人……羞恥……男人……呃啊啊啊啊〰〰〰『不知火流奧義・青龍電影閃！』」

不知火手中的竹劍，帶起咆哮的龍影向我襲來。

我已經做好了發動「祕劍・一鴉岸渡」格擋的準備。

與此同時，我也忍不住在心裡發出埋怨。

——我怎麼就這麼倒楣啊!!

這間社團，就不能有個正常人嗎!!

事後。

此刻的社團教室，像是位於被颶風侵襲過後的現場。

家具跟課桌椅大概被打壞了三分之二，沙發也被竹劍砍成了好幾段，不過凜凜夜新帶來的盆栽倒是完好無損。

「實在非常抱歉!!」

半小時過後，冷靜下來的不知火綾乃此時正用類似於土下座的姿勢，五體投地向我們三人致歉。

凜凜夜哼了一聲。

「這是道歉就能完事的嗎？妳的神經果然跟橡皮筋一樣粗啊。」

「在下願意負起全部的賠償責任，請務必原諒在下!!」

不知火的頭部伏得更低。

凜凜夜環顧教室一圈，發現盆栽還健在後，鬆了一口氣。

「算了，反正被砍壞的都是色情脂肪怪的東西，也無所謂啦，不用管了。」

「什麼啦！給我看看那邊的沙發啦！變成四段了耶！」

暖暖陽馬上發出抱怨，並且指向沙發。

「是因為主人的屁股太大了吧，早就被壓得不堪使用了，所以才會這麼容易損壞。」

「嗚——噫——!!氣死我了！臭發霉海苔、死發霉海苔!!」

不理會氣得跳腳的暖暖陽，凜凜夜看向不知火綾乃。

她先將不知火綾乃扶起，然後用很認真的表情發言。

「賠償就算了，那些都只是小事。」

對於千金大小姐來說，確實一點錢只是小事。

凜凜夜繼續說下去。

「重要的是，妳的共犯代號，本小姐已經決定好了。」

「啊？」

不知火有些錯愕。

「……緊繃到極限之後就會斷掉反彈，果然之前本小姐的第一印象是對的。」

凜凜夜對她投以期待的眼神。大概是認為這位共犯是個可造之材。

「——橡皮筋武士，這就是妳的共犯代號。」

於是，在夕陽的映照下，於一片殘破的教室中，這位新進成員的共犯代號，終於被決定下來。

第三章　完美無缺的詩音

終於入手新的情報。

這很重要，所以在獲得不知火綾乃、或者說橡皮筋武士情報的第一時間，我將情報全部填上「情報筆記」。

・本名&代號：不知火綾乃、橡皮筋武士。
・長相很清秀，是少見的古典型美人，通常以白色髮飾紮起短馬尾。
・一百六十一公分。
・四十四公斤。
・校內的職位是風紀委員長，有「鬼之風紀委員長」之稱。
・平常很冷靜，但是似乎接觸「不知廉恥的事情」超過忍受限度的話，就會暴走。

・好像沒有朋友。

・有E罩杯，胸部很大。

・劍道的實力遠不止二段，如果在對決中只用一把劍的話，我可能會屈於下風。

・喜歡稱呼別人為「閣下」，稱自己為「在下」，說話方式很復古。

・胸部很大。

・從來沒有露出笑容，疑似不能笑，或是不願意笑。

・笑容崩壞程度：A

很好的筆記，簡單易懂，完全沒有多餘的形容。

我感到十分滿意，闔上筆記，珍重地將筆記收入口袋中。

放學後，當然也要打工。

並且一如往常，在用餐時間，我向八王子前輩提起學校的事。

八王子前輩聽完我的敘述後，不知道為什麼忽然微笑。

「──也就是說，小九，你的社團再次加入一名新成員，而且又是美少女？」

美少女？不知火嗎？

我沒辦法否認這件事，因為她確實長得很漂亮，就算在校園裡舉辦十大美少女的投票，不知火肯定也能進入前十……不，前五名吧。

「呃，如果撇除那殘念的個性，只參考外表的話，確實可以這麼說吧。」

「哦？真好呢，連我都要羨慕起來了呢。就連我在高中時，都沒有過那樣的社團體驗。」

聽見我的回答，彷彿聽到某種極其有趣的笑話似的，八王子前輩又笑了起來。依舊是那種會融化人心的溫柔笑容。

八王子前輩的笑容很好看，不，或許用「好看」並不足以形容，那是會讓人掙扎著挑選詞彙來形容的完美笑容。

看著那笑容，我忽然想到某件事。

——不過，八王子前輩為什麼叫我「小九」呢？

我不明白，但或許只是前輩取外號時心血來潮，所以我沒有過問。

這時候，像是想起什麼事情那樣，八王子前輩忽然一拍手。

「小九，話說回來，除了被一群美少女包圍之外，你還與沒有血緣關係的小學生妹妹同居對吧？聽起來，簡直就像輕小說的主人公的待遇呢。」

輕小說的主人公？

八王子前輩的形容方式，讓我產生不少怨念。

「如果我是輕小說的主人公的話，作者倒是把我的基礎能力值設高一點啊？現在社團裡那些殘念傢伙完全瞧不起我，之前竟然還用『中二病』這種輕視的形容，試圖抹黑我的格調。」

「哈哈哈哈哈——」

八王子前輩忍不住發出大笑。

笑聲慢慢止歇後，八王子前輩又隨口提問。

「對了，你的妹妹——是叫詩音嗎？她最近過得怎麼樣？」

如同八王子前輩所說的，我的妹妹叫做詩音。

她今年九歲，現在就讀P小學四年級，這是P高中附屬的直屬小學。如果學生願意的話，可以保持合格線以上的錄取分數一路直升中學與高中，好處是可以保留原先的操行成績及評價——例如原本在中學擔任學生會長，上了高中也有比較高的機會可以繼任。

至於談到詩音本人的話，與社團裡那些動不動就「啊哈哈，二藏同學果然是個笨蛋呢！」、「你是黑猩猩吧？」這樣看不起人的殘念少女不同——相較之下，我的妹妹簡直就是天使。

個性乖巧，成績優秀，善解人意，長相也很可愛——這個世界上最難的事情，大概就是在詩音身上找到缺點。

優點呢，更是數也數不清。

於是，我試圖向八王子前輩敘述詩音萬分之一的優點。

「詩音她過得很好，而且像以前一樣可愛！八王子前輩我跟你說，詩音上次在美術課裡畫圖，而且對象是畫我喔！在學校裡的比賽得了獎，厲害吧！還有，在上烹飪課的時候，老師也稱讚她的天賦，說她的杯子蛋糕烤得超級完美！還有還有，就連體育課的時候，她在跑步時也比大多數男生還要快——還有還有還有，她……」

「我、我知道了！她很完美！很完美！」

不知道為什麼，打斷我話題的八王子前輩似乎在擦汗。

但是詩音這個月的優秀十大事蹟，我還只說了三件而已。

看了看時間，休息時間也快結束了。

八王子前輩因為是店裡的門面，所以必須先走。

但是在臨走之前，正在邁步走上石階的八王子前輩，突然轉身，露出似笑非笑的表情。

「對了，小九，我有個提議。」

「什麼？」

因為身處高處，八王子前輩彎腰看著我，露出和藹的笑容。

「你說自己在社團裡被一群殘念的傢伙看不起對吧？」

八王子前輩忽然提起這件事，讓我相當驚訝，回答時不禁也有些遲疑。

「喔……喔喔!!好像是這樣沒錯！」

「既然是這樣的話，我有個好主意喔！」

好主意？

於是，八王子前輩對我豎起大拇指，然後提出他的想法。

「你的偶像是宮本武藏對吧？我覺得肯定是因為你本人『不夠像宮本武藏』，所以才會被不明真相的愚者給誤會。」

「不夠像宮本武藏？」

「沒錯，如果是宮本武藏本人的話，展露那天下無雙的風采，肯定不管到哪裡，都能讓他人心悅誠服吧。」

「有道理！」

沒錯，如果是宮本武藏的話，肯定不會像我這麼狼狽吧。

我越想越有道理，那個被譽為「天下無雙」的大劍豪——肯定靠著外在就能營造出可怕的氣場，也就是所謂的高手風範。

接著，八王子前輩繼續說明。

「所以了，如果你讓自己看起來更像宮本武藏，在社團內的評價，想必就會隨之提升吧。」

「喔喔喔喔喔!!」

八王子前輩真是天才。

這麼簡單的道理，我怎麼就一直沒想到呢？

不過，具體來說要怎麼實行，才是這個計畫的難點所在吧。

幸好、超級天才八王子前輩就在眼前，於是我猶豫片刻後，決定虛心求教。

「既然如此，我應該要怎麼做才好呢？」

「小九，不如這樣吧。你明天交叉兩把木劍背在背後，有『二天一流』的標誌性象徵，才能更像宮本武藏，對吧？」

「喔喔喔喔喔喔喔喔!!」

沒錯，二天一流是宮本武藏的標誌性象徵。

這個完全可以，社團裡那些殘念傢伙，在受到「二天一流」的感化後，肯定會受到相當大的震撼！

在這一刻，言語難以形容內心的欣喜。

於是我轉頭面對月亮，並且高舉拳頭，發出振奮的喊聲。

「好——從明天開始我要更加努力!!」

「噗哧。」

某方向好像傳來奇怪的笑聲。

但我轉頭看向八王子前輩時，他那溫柔的表情、關懷的眼神，完全是好好前輩的最佳典範。

是我聽錯了吧。

打工結束後，已經超過晚上十點。

在回家的路途中，我繞路去附近的公園撿了幾根比較大的樹枝，打算回家自己削成木劍。

雖然原本用來練習劍道的竹劍也有兩把，但是在宮本武藏那個年代，用自製的木劍會比較合理。因為隱居於山中修煉時，可沒有商店能買竹劍。

所以還是從頭來過吧，一口氣做兩把木劍。

拖著樹枝，我回到家中。

我家是一棟低矮老舊的木質和式平房，只有一層樓，總共也就十五個榻榻米左右的大小，中間用木板牆及簡略的紙門，隔成浴室、廁所、廚房、臥室、客廳等地。

客廳也兼玄關的用途，每個地方都很小，甚至連臥室都只有一間。

但是，這樣破舊不堪的家中，卻有人在等我回去。

我剛拉開大門，就聽見有精神的聲音響起。

「啊、哥哥大人，歡迎回來!!」

一開門就是客廳兼玄關的地方，詩音原本正坐在木桌前，一看見我就爬起身，並對我露出燦爛的笑容。

在詩音起身的時候，她銀色頭髮綁成的長長雙馬尾，引人注目地垂在身軀兩側搖晃。

擁有柔順的長銀髮，以及漂亮的紫色雙瞳，再加上一百三十公分左右的嬌小身軀，以及可愛到足以成為童星的臉蛋，這就是我的妹妹，詩音。

詩音用小跑步的動作向我跑來，接過我手中的書包。

盯～

盯盯盯～～

然後，她盯著我的臉一直看。

「哥哥大人，『我回來了』呢？」

啊、我忘記說了。

「我回來了。」

及時的補救，讓詩音臉上綻放出大大的笑容。

她將雙手合十，然後貼在臉頰旁邊。

最後略微歪頭，露出有點狡獪的笑意。

「嗯、那麼，已經辛苦一天的哥哥大人，要先吃飯、先洗澡，還是先．吃．我．呢？」

用那種稚嫩的聲調與臉蛋，刻意裝出成熟的模樣，反而讓人覺得有點滑稽。

「妳才九歲吧？別想一些奇奇怪怪的事情。」

我先揉了揉詩音的頭，然後努力把樹枝拖進客廳裡。

我想要就此結束話題，但詩音卻踮起腳，一跳一跳地想要吸引我的注意力。

「那個那個～～九歲已經很成熟了，成熟到可以嫁給哥哥了！」

「喂，妳知道九歲結婚是犯法的嗎？」

「反正犯法的事情，詩音跟哥哥早就已經做過了！」

「別用那麼曖昧的方式來形容啦!!」

但是，確實詩音正在做犯法的事。

那就是非法打工。

按理來說，九歲是不能打工的，但因為我們家非常貧窮，所以詩音堅決要出去幫忙送報紙。我阻止過，但沒有成功。

社區的報紙，一向是由一位快要禿頭的老人開著大卡車載來大量報紙後，再由兼差的社區人士依範圍進行配送。

在某天清晨，詩音瞞著我偷偷去向老人低頭拜託給予送報紙的工作。剛開始老人沒有答應，以為只是兒童的異想天開，可是在詩音連續一個月每天都去拜託後，好奇心讓他終於開口發問。

「妳就這麼需要這份工作嗎？妳需要錢？」

叼著菸斗，老人斜眼如此發問。

事後根據老人對我的轉述，當時詩音握緊雙拳，雖然渾身上下都在顫抖，甚至連兩隻眼睛卻都閃爍著淚光。

可是，她沒有退縮。

「因為因為，哥哥大人都是因為詩音才會變得這麼窮的。哪怕只有一點點也好，詩音也想幫上哥哥大人的忙!!」

確實沒有退縮，而且她稚嫩的話聲終於產生了力量，讓禿頭老人感到動搖。

先是從十份報紙開始，按件計酬。

然後是五十份、一百份。

騎著老人借出的兒童用腳踏車，最後詩音已經可以獨立完成一個小社區的報紙配送。

也就是在這時，我才發現詩音在非法打工，並且找到禿頭老人詢問原委。

「你啊，有個了不起的妹妹呢。」

在說話都會吐出霧氣的清晨，禿頭老人用缺了好幾顆牙的嘴巴，對我咧出笑容的景象，我永生難忘。

那天清晨，禿頭老人也拍拍我的肩膀。

「你也了不起，為了讓那孩子留下來，你付出了很大的代價吧？」

大概是為了獲取這份工作，詩音對禿頭老人說過我們的事。

我與詩音，並不是親生的兄妹，沒有半點血緣關係。

一名高中生，一名小學生，兩人之間相識的時間，甚至只有短短兩年。

——兩年前，那時我還是中學生，依靠父母留下的撫養費獨自生活。雖然日子並不富裕，但還勉強過得去，並沒有外出工作的必要。

按照這種發展繼續下去的話，安安穩穩地成長為大人，然後出社會工作，是必然會經歷的事吧。

可是，為了鍛鍊體力，在某天假日的早上，當我慢跑到接近十公里外的某個社區時，卻聽見某戶人家裡傳來異常的吵雜聲。

那是某個男人在喝醉酒後發出的，口齒不清的咆哮聲。

我停下跑步的步伐，透過圍牆旁的鐵柵欄，湊近眼睛觀察。

「妳、妳跟那偷偷跑掉的婊子越長……越長越像，害老子每次都心情不好……一看到妳就煩死了！給我去死、去死、去死!!」

一邊發出詛咒的罵聲，喝醉的男人似乎在用力踢擊某樣物體。

這時候，風吹開了原本就沒有關緊的大門，我看見在玄關處，有一名超過一百八十公分的高大男人，正在用力朝某位小女孩的身體用力踹擊。

那小女孩當時看起來只有六、七歲，她全身縮成一團，用手臂護住要害，像是早已習慣受到虐打那樣，居然沒有哭泣或是痛喊，只是默默承受男人的怒火。

小女孩從短袖與短褲露出的身軀，處處可見黑色的瘀青與浮腫，甚至不乏正在輕微滲血的部位。

「!!」

當時的我，先是陷入不敢置信的強烈震驚。

然後，我的眼角餘光瞥見左右鄰居從牆上偷偷窺視的目光。他們也在看著那男人虐打小女孩，但卻沒有出手阻止的意思。

這種沒人阻止、放任暴力發展的情況，大概已經持續很久了吧。

或許是左右鄰居害怕男人的報復，又或許是出於不想多管閒事的自私心態，事

情的真正內幕是哪一種，我沒有心情去探究。

我只明白，在我回過神來的時候，我的身軀已經翻過圍牆，然後抓住男人的後領將他往後拉扯。

喝醉的男人被往後拉，先是一腳踢空，然後回過頭，用滿是酒味的咆哮對我咒罵。

「小、小鬼，你是誰啊？嗝，不要、不要管老子的閒事！」

常對幼童付諸暴力的人，在處理突發狀況時，當然也習慣用暴力應對。

於是他朝我揮拳。

他的拳速在我看來很慢，這是理所當然的事，因為只懂得欺負弱小的傢伙，一輩子沒有資格成為強者。

我只是略微側頭就閃過他的拳頭，接著我右腳往前斜跨，用掌底托在他下巴上，用摔技輕易摔倒了他。

居高臨下的情況下，他因猙獰而醜惡的臉孔映入我的眼中，在記憶中留下深刻的印象。

「小鬼——你找死!!」

原本喝醉的男人拚命大吼，還想要起身反擊。但是我重重一拳打在他頭顱旁的木質地板上，那幾乎在木質地板上留下拳印的強烈重擊，讓他的雙眼瞬間瞪大。

拳頭擊打地板的巨響，也似乎讓他的腦袋清醒了不少。

像是負傷野獸在做最後的掙扎，男人發出吼聲想嚇退我。

「小鬼，快滾！現在滾的話我就放過你!!你管什麼閒事!?」

我不理會威脅，反過來提問。

「你為什麼打那個小女孩？她是你的女兒吧？」

我的提問讓男人的臉孔更加扭曲，染上顯而易見的恨意。

「那傢伙的婊子媽媽、居然拋下老子偷偷跑掉了，那個傢伙又跟她媽媽越長越像，一切就是她的錯！沒錯，都是因為她跟她的婊子母親越長越像，我沒有錯、我沒有錯——!!」

大概，小女孩的母親也是無法忍受暴力而逃跑吧。

而這個男人就將怒火傾瀉在自己的女兒上，還固執地將罪過推卸給幼童。

真是人渣。

就算現在我把這個酒醉男人揍得半死，只要我一離開這裡，大概馬上就會故態復萌吧。

暴力不會消失，只會化為陰影，伴隨著無力反抗的弱者。

因此，不能袖手旁觀，必須將這個男人的惡劣行為告知警方。

只要警方能夠介入的話——大概就能改善現狀。

於是，用單手與膝蓋壓制著酒醉男人，我拿起手機，撥出報警的電話號碼。

「小鬼，你打算報警？」

但是，看見我拿起手機通話的動作，酒醉男人卻像是在這時候清醒了幾分。

他以嘴唇擠出醜陋的笑意，然後用輕蔑的目光打量我。

「愚蠢，如果你認為那樣就能對付老子的話，就儘管試試吧，警察只是老子的一條狗而已。」

不理會酒醉男人的威脅，我繼續維持通話。

嘟、嘟、嘟──

電話接通了，電話另一方響起低沉厚實的中年男子嗓音。

「喂，這裡是K社區派出所，有什麼能為您服務的嗎？」

「是這樣的，我發現有人正在虐待兒童，請立刻派警員過來關切處理，地址是……」

憑藉剛剛在門口看到的門牌地址，我將位置報出。

可是，一聽完我報出的地址，中年警察的聲音立刻產生變化。

他說話時竟然在微微發顫。

「那、那個……您確定是這個地址沒錯嗎？」

「是的。」

聽見我的回答，電話另一端陷入沉默。

在那靜默中，我甚至能聽見對方緊張吞嚥口水的聲音。

然後，當中年警察再次開口時，他的語氣已經帶上虛偽的笑意。

「那個……或許是您搞錯了也說不定。不如這樣吧，過幾天我會派人去您說的地點看看，這樣如何呢？」

「不立刻派警員過來嗎？而且『看看』是什麼意思？我剛剛已經說了，這裡有人在虐待兒童！」

聽聞警察敷衍的答覆，我完全難以置信。

「——剛剛已經說過了，過幾天我會派人去您說的地點看看！」

最終，像是急於結束話題那樣，中年警察語氣倉促地說完這句話後，立刻掛斷電話。

嘟、嘟、嘟、嘟——

通話結束。

躺在地上的酒醉男人，因為距離很近的關係，大概已經聽見一切。

他依舊用那種輕蔑的目光打量我，然後不斷冷笑。

「小鬼？看見了嗎？我的大哥可是國會上有力的議員，警方不過是我們的一條狗而已。誰敢管我們的閒事？」

殘酷的現實，讓我不禁陷入沉思。

……究竟該怎麼辦呢？

報警也沒有用，這個小女孩的處境之後只會更加悽慘，而且從鄰居袖手旁觀的態度看來，之後再發生虐待情形，恐怕警察也不會知曉。

這時候，我轉頭看了小女孩一眼。

原本瑟縮在地上的小女孩，已經爬起身來，全身抱成一團坐在牆角。

但她在看著我們這邊。

從披散的頭髮中，小女孩透出孤寂麻木的視線。

——孤寂麻木。

會擁有這樣的視線，小女孩恍若從未接觸過世間的暖意，才會導致眼神中帶著這樣異常的孤寂。

那孤寂麻木的緣由，大概是一直以來，她都在不斷往自身注入麻痺內心的意念，藉此讓自己逃離面對現實的痛苦吧。

與小女孩對視的剎那，看見那孤寂麻木的眼神——

透過那眼神，有那麼一瞬間，我在她身上看見了年幼時的自己。

年幼時，在父母車禍雙亡後，因為沒有親戚肯收留我，所以大人們像踢皮球一樣推託麻煩。

一再聽見親戚們虛情假意的場面話，在幼年時無盡的孤獨歲月中，偶爾在鏡子中，我也會看見自己露出這樣的眼神。

她很像我。

這個小女孩的眼神很像我。

可是，她的處境甚至比當年的我還糟糕，被籠罩於完全無法逃離的陰影與苦痛中。

因此……

我想要拯救她、絕對不能袖手旁觀——

——這樣的意念，在內心不斷變得更加堅定。

而現在，既然報警沒有用……

也就是說。

也就是說，選擇只剩下一個了。

我帶她走。

帶走這個小女孩。

但是，如果不吭一聲地帶走小女孩，這個男人之後鬧起來恐怕沒完沒了，所以必須與其商議。

「既然你不喜歡，那你的女兒就由我帶走吧，這樣如何？」

而酒醉男人立刻怒吼。

「別開玩笑了！老子把一個出氣筒養到這麼大，憑什麼讓你帶走！」

他居然把女兒形容為出氣筒。

我忍住憤怒，勉強維持繼續與對方商議的冷靜。

雖然很想一拳打暈對方，但既然酒醉男人的哥哥是大議員，那就算我帶走了這個小女孩，事後警察也會找上我吧。

那樣的話，事情並不會有任何改變，伴隨著酒精的暴力會繼續發生——銘刻於肉體的苦痛或許會消退，但痛苦的記憶，將一輩子燒灼小女孩的內心。

於是，我壓抑怒氣，極慢極慢地開口說話。

「那你要怎麼樣，才能讓我帶走她？」

「錢。」

「什麼!?」

「小鬼，沒聽懂嗎？老子要錢！我也只是每隔兩三天就上門向大哥要一次錢而已，但他最近給得越來越少了，害得老子的酒都快要不夠喝了！」

「……」

「哈哈——可是小鬼，像你這種毛頭小鬼怎麼可能會有錢？所以快滾吧、別再管老子的閒事!!」

說完這些話，酒醉男人不斷冷笑。

顯然，他從開始就不覺得我會有錢。

向我索求金錢，顯然只是以進為退，想讓我退縮的理由而已。

只是——

錢的話，我確實是有的。

父母離世後，依據法律，未成年人可以每個月從遺產中得到一定比例的撥款，做為撫養費維持生活。

如果把這些錢給他的話——

「……我有錢。」

於是，在慢慢放開酒醉男人的同時，我將想法宣之於口。

「你真的有錢？」

聽到意料之外的回答，酒醉男人愕然。

我點點頭。

「我確實有，而且有不少錢。」

酒醉男人觀察我的表情，聽到「不少錢」眼睛先是發亮，然後又不屑地瞇起。

「哼，憑你這種小鬼能給我多少錢？你的『不少錢』該不會只能買得起薑汁汽水吧？」

深深吸一口氣後，我報出一個金錢數字。

「讓我帶走這個小女孩的話，我就給你這些錢。」

果然，男人嫌少。

「太少了！」

於是我將數字，往上增加。

「還是太少了！」

他的貪婪程度超乎我的預期。

於是我再次往上增加金額。

——這次我很有把握他不會拒絕。

因為，這個數字，已經等同於我每個月所能領取的撫養費。

「剛剛那個數字，每個月匯給你，這樣行了吧？」

我這麼說。

在我的凝視中，男人半坐起身。

他先看看旁邊縮成一團、滿身傷痕的女兒，又看看我。

最後他笑了。

笑得既醜陋，又讓人無比厭惡。

起初入住家裡的詩音，小心謹慎到讓人心疼的程度。

尤其有些時候，透過蛛絲馬跡，可以想像她在之前的家裡過得有多麼悽慘。

例如，詩音入住的第一天，在吃午餐的時候。

我呼喚她來吃午餐。

縮在角落，下意識用手腳保護身軀的詩音，用藏在頭髮下的眼睛偷偷觀察我。

她在觀察我的臉色，害怕我像父親一樣忽然動怒。

然後，她輕聲發出第一句話是這樣的。

「……我已經吃過了。」

「什麼時候吃的？」

我沒看見她吃午餐，所以忍不住疑惑。

而詩音小聲地再次回答。

「早上吃的，大概六點半吃的。」

「那是早餐，現在吃的是午餐。」

「一天可以吃超過一餐嗎？」

童言童語的疑惑聲，卻暗藏著外人難以想像的辛酸。

又比如看人臉色的行為。

起初，偶爾我在想事情皺眉的時候，詩音總是會驚慌地躲到我看不見的角落。

在我好不容易打開櫥櫃找到詩音的時候，她先是舉起手臂擋住要害，發現沒有受到攻擊後，才小心翼翼地發問。

「你不打我？」

「永遠也不會。」

諸如此類，這就是詩音入住我們家的起始。

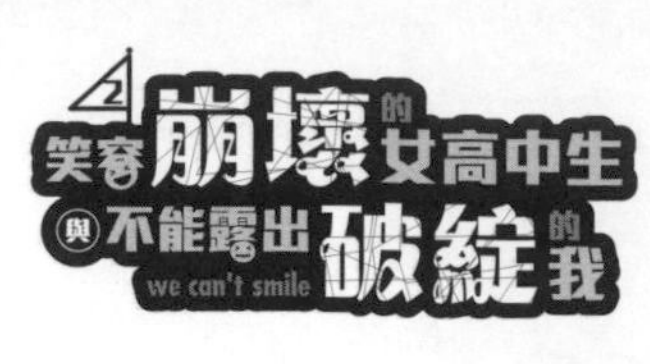

不知不覺，自那之後也過去兩年了。

兩年之間，我想辦法替詩音轉了學校，從遙遠的社區小學轉到了鄰近的Ｐ小學，藉此徹底與她的父親斷開聯絡。

而「詩音」這個名字，也並不是她的本名，而是我取的新名字。

像是要徹底遺忘黑暗的過去那樣，在擁有嶄新名字的同時，詩音內心的傷口逐漸痊癒，個性也變得開朗起來。

只是，在最近，不知道為什麼，總覺得詩音越來越奇怪了啊……

像是說出要「先吃飯、先洗澡，還是先・吃・我・呢？」這種話，以前的詩音是絕對不會說的。

難道是在小學裡被帶壞了嗎？

「哥哥大人、哥哥大人……你在想什麼呢？」

就在我仔細削著木劍，一邊想心事的時候，現實中，詩音笑著揮手打斷我的思考。

詩音大概只有一百三十公分左右，她就算站著也沒有比我坐著高出多少。

「沒什麼，我在想明天怎麼帶木劍去學校。我初步計畫交叉背在背上。」

詩音驚訝地用雙手掩住嘴巴。

「耶咦——!?哥哥大人要帶木劍去學校嗎？可是，連我們班上的男生，都開始不流行玩木劍打架了耶！」

詩音班上的男生，是小學四年級的小男孩吧。

哼，那種小鬼玩木劍打架的行為，怎麼能跟我二藏的格調相提並論。畢竟背著木劍增加格調，可是那個八王子前輩認證過的優秀行為，所以絕對不會有錯。

也就是說，年紀還這麼幼小的詩音，肯定也不能體會其中的高妙之處。

果然，詩音接下來的發言，說明她思想的不成熟之處。

像是擔心傷到我的自尊那樣，將手指絞在身體前面，詩音努力挑選著說話時的詞彙。

「哥哥大人，那、那個呢，雖然在詩音看來，哥哥大人是天下最棒的男性——可是就算是您，難免也會犯錯對吧？詩音覺得背木劍這種行為不會受歡迎，尤其是、有些女孩子會討厭中二病的男生哦！」

中二病，沒想到詩音也懂這詞彙的意思。

於是我摸摸詩音的頭，露出笑容。

「放心吧，我的目標是追求天下無雙，如此宏偉壯大的理想，怎麼可能會被人誤解為中二病呢？」

「可、可是……」

詩音露出擔心的表情，試圖勸阻我。

「放心，妳快點去睡吧。」

雖然還是露出困惑的表情，但詩音還是乖乖先去睡了。

拉開紙門，詩音在換上睡衣後，忽然探頭看向在客廳的我。

「那個、哥哥大人。」

「什麼事？」

戴著小熊睡帽的詩音，忽然露出頑皮的笑容。

「就算被女孩子討厭也沒關係，詩音願意嫁給哥哥大人哦!!」

「是……快點去睡。」

專注於削木劍的我隨便回答。

真是令人困擾的小傢伙，到底這些話是跟誰學的呢？

發現我回答的語氣很敷衍，詩音依然沒有放棄。

她調整了一下差點掉下來的小熊睡帽，然後嘴角輕輕翹起。

「身體先嫁給哥哥大人也可以哦？」

「去睡覺!!」

第四章　喜新厭舊的魔女

兩把木劍做好了，長度分別是一長一短。

為了追求格調，我連打磨劍身的程序都有進行，成品可以說是比完美還要完美。

於是，第二天，我刻意提早半個小時抵達社團教室。

因為之前不知火砍壞很多家具，所以社團教室裡的家具又全部換了新的，照慣例沙發也不缺席。

「真是奢侈啊，這家具的更換率。」

發出這樣的嘆息後，我開始執行計畫。

先將兩把木劍交叉疊成X的形狀背在背後，然後我坐到教室最前方的椅子上，雙手也交叉在胸前。

並且，我微微側頭凝視窗外，露出極為落寞的神情。

我猜，宮本武藏發現自己已經天下無敵的時候，肯定就是這種高手寂寞的表情吧。

接著，時間飛逝，十分鐘之後。

走廊裡終於響起了腳步聲。

我始終維持姿勢與表情不變，但加入社團許久後的現在，我已經能從腳步聲中判斷來的人是誰。

是凜凜夜。

於是凜凜夜在「喀啦」一聲拉開門之後，她馬上發現教室前方的我。

「……咦？」

她的聲音聽起來相當遲疑。

就是現在！

我用極慢極慢的速度，悲愴蒼涼的語氣，緩緩道出早已準備好的臺詞。

「我二藏一生求劍，極於劍，亦醉於劍，只求天下無雙，此一名號……」

「……」

我話還沒說完，凜凜夜居然直接無視我的臺詞，自己走去找了一個位置坐下，書頁翻動的聲音也很快傳來。

「——!!」

在驚覺現實之殘酷的瞬間，我感到難以置信。

怎麼可能？

這怎麼可能呢？

看到那交叉背負的木劍，聽聞那悲愴蒼涼的話聲，就算是再怎麼遲鈍愚昧的傢伙，都會有所感觸才對。

難道說，凜凜夜這傢伙是傲嬌嗎？明明相當佩服，可是卻不肯承認。她大概就是動畫裡那種「別、別搞錯了！人家才沒有喜歡上你呢！」的彆扭角色吧。

沒錯，想必就是如此。

我越想越有道理，忍不住暗自點頭讚許自己的才智。

接著。

躂躂躂躂躂……走廊的腳步聲再次響起。

第二個抵達社團教室的人，是暖暖陽。

「欸？」

發現我的第一瞬間，她也發出遲疑的聲音。

照計畫，我一樣念出準備好的臺詞。

「我二藏一生求劍，極於劍，亦醉於劍，只求天下無雙，此一名號……」

「噗哈……」

不知道為什麼，身後傳來拚命忍笑的聲音。

甚至可以從那聲音想像出暖暖陽鼓著腮幫子，手掩住嘴巴忍笑的畫面。

但是，暖暖陽也不理我，她跑去躺在沙發上看漫畫。

「——!!」

我吃驚到甚至忍不住用手掌遮住面孔。

視線透過戟張的五指看出去，我盯著地板，一時之間居然難以理解現狀。

啊、難道說，暖暖陽這傢伙也是傲嬌嗎？

沒錯，只有這樣才說得過去——

就在我思索的同時，最後登場的人物‧橡皮筋武士——或者說不知火也颯爽現身。

不知火推開門後，第一時間也看到我的身影。

「我二藏一生求劍，極於劍，亦醉於劍，只求天下無雙，此一名號……」

但不知火甚至連遲疑都沒有，直接無視我的存在，找了個地方坐下開始擦拭竹劍。

到了這裡，我終於無法忍耐。

我回過頭，用難以置信的表情發出喊聲。

「——喂，妳們三個!!」

她們三個終於看向我。

凜凜夜瞇著眼睛，暖暖陽帶著竊笑，不知火則是板著一張臉。

她們的表情，怎麼看都不像傲嬌會有的表情。

「妳們三個沒看到我背後的竹劍嗎？」

「看見了，然後呢？」

凜凜夜冷靜的反問聲，此時讓人難以忍受。

「妳們三個沒聽見我剛剛念出的臺詞嗎？」

「聽見了，然後呢？」

兩次的詢問，與兩次無情的答覆。

然後是絕望。

……絕望。

難以想像的絕望，如同狂濤怒浪般襲上心頭。

難道說，現在的年輕女孩子，已經沒辦法體會到宮本武藏高貴的劍客精神了嗎？

但我依舊想進行垂死掙扎。

「這可是我的偶像・宮本武藏的標準模範打扮，妳們看見卻毫無反應，不管怎麼想都很奇怪對吧！超級奇怪的吧!?」

「啊、你說這個打扮呀～～」

這次回答我的人是暖暖陽。

「～～剛剛人家進教室的時候，心裡想：『二藏同學也太拚命了吧，搞笑死了～～』，但為了不打擾你，很勉強才忍住笑耶！」

給我對宮本武藏道歉！現在馬上！

而在這時候，凜凜夜還追加補刀攻擊。

「二藏，本小姐就坦白說好了，因為你平常就很奇怪，所以大家其實早就習慣了，根本懶得理你。」

誰平常就很奇怪！我才不想被妳們三個這樣認為！

因為難以釋懷的委屈，我漲紅了臉。

最後，我將期盼的目光投向不知火。

同為劍客的她，肯定是我僅存的希望——

「……宮本武藏已經過時了。」

但是，不知火卻這麼說。

叛徒！叛徒！就連同為劍客都是叛徒——!!

在心裡發出這樣子的大叫聲後，我一再遭受打擊的內心，忍不住徹底崩潰。

「二藏同學崩潰了呢。」

「……似乎是這樣沒錯，打擊大到甚至從椅子上滾了下去。」

暖暖陽與凜凜夜的聲音似乎從很遠很遠的地方傳來。

「二藏閣下一向這麼怪嗎？」

「沒錯!!」

面對不知火的提問，這次凜凜夜與暖暖陽倒是很有默契。

以前好像也發生過類似的事情。

因為遭受過度打擊，我睜著眼睛倒在地上，呈現靈魂出竅的失神狀態。

「二藏、二藏同學～～你還好嗎？」

暖暖陽蹲在我面前，伸手去戳我的臉頰。

經過許久後，我才終於恢復力氣翻身爬起。

甦醒後的第一時間，我忍不住在內心產生懷疑。

難道我的行為，真的很怪異嗎？

可是，凜凜夜、暖暖陽、不知火這三個人——

一個是笑起來會變成陰險扭曲笑容的傲慢傢伙。

一個是會露出扭曲アヘ顔的色情笨蛋。

一個是不知廉恥過度後會四處亂砍人的發狂武士。

跟她們比起來，只是想要實現「無破綻人生」的我，簡直再普通不過，是正常人中的正常人。

於是，我打算展開絕地反擊。

我站起身，擠出一個大概很難看的笑容，然後張開雙臂。

「不如這樣吧，大家來進行一個社內投票，我數到三，大家就把手指向自己認為

『最怪異的人』——我數了喔，一、二、三——」

我指向暖暖陽，暖暖陽肯定還是最怪的那一個。

但是——

「是二藏你吧。」

「是二藏同學吧——」

「是二藏閣下。」

三名少女卻在同一瞬間抬起手指，指向了我。

——可惡!!為什麼最愛吵架的妳們，在這時候就能和樂融融地統一意見啊————!!

宮本武藏是孤獨的。

所以此時我自閉地縮在教室角落，與掃具櫃坐在一起，也完全是情理之中。

「……這個沒有人能理解宮本武藏的世界，沒有存在的必要。」

雙眼無神地盯著地板，我忍不住喃喃自語。

耳朵很靈敏的凜凜夜皺起眉頭。

「喂，中二人，要討論社團的正經事了，趕快從角落出來一起討論！」

「噗哈哈，二藏同學真逗，彷彿都能看到小型幽靈的憂鬱特效從他頭上飄出來了呢——就像『幽靈大頭貼』一樣。」

而暖暖陽卻在憋笑。

「幽靈大頭貼？……那是什麼東西？」

「咦，不知火同學不知道嗎？那是學校附近最新的『大頭貼販賣機』的新特效啦，最近超級紅的呢～～下次一起去看看吧？」

就在她們討論大頭貼事情的時候，我離開了教室角落，返回原本的座位坐下。

就在剛剛，我想通了許多事。

沒錯，就算是宮本武藏，也並不是剛開始就能成為天下無雙。

宮本武藏也是必須披荊斬棘，挑戰世人對自己的謬解，最後才能成為大劍豪的。

所以此刻面臨困苦與不被理解，完全是正常的事。

我越想越有道理，於是忍不住暗自點頭。

使心態重回正軌後，我詢問凜凜夜。

「話說回來，有什麼正經事要討論？」

這時候，大家已經把課桌椅拼成長型會議桌的模樣，凜凜夜依舊坐在議長的位置。

拿起玩具充氣槌子，凜凜夜在桌上敲出「嘰」的一聲輕響。

「是關於『社團顧問』的事情。如你們所知，社團只要沒有顧問老師，就沒有辦法成功遞交申請書，進而成立真正的社團，現在得想出解決辦法才行。」

「耶嘿——!?也就是說，發霉海苔，之前妳根本沒在想辦法嘛，明明身為社長！」

暖暖陽發出抱怨。

「吵、吵死了！跟妳這種脂肪妖怪不一樣，本小姐可是很忙的！」

凜凜夜被說到臉紅了。

像是想要轉移尷尬，她趕緊對著不知火發言。

「所以了，橡皮筋武士，這時候就輪到妳上場了！」

這臺詞，聽起來很像在委派神奇寶貝上場戰鬥。

但是，不知火似乎並不介意，她只是輕輕點頭。

「可以，就當作是讓在下監督此地的交換條件——那麼，在下能幫上什麼忙？」

「橡皮筋武士，妳對師長方面的事情應該很熟吧？有哪一位老師能夠做為目標，進而遊說成為我們的社團顧問？」

「遊說的目標啊……在下想想。」

不知火認真考慮了許久，期間還撥出一通電話，最後她有了結論。

「……是這樣子的，在下剛剛向學生會方面確認過之後——由於距離開學已經過去不少時間，絕大多數老師都已經成為至少一個社團的顧問了。」

「這樣啊……令人頭疼的消息呢。」

凜凜夜皺眉。

雖然按照校規，一個老師可以成為複數社團的顧問，但因為必須花費相當大量的精力兼顧各社團，並不是每個老師都願意這樣做。

以「會增加負擔」的層面為出發點，性質與意義不太明朗的這個社團，想要招攬到顧問就更加困難。

不知火這時候發問。

「話說，我們社團的名稱是什麼？」

凜凜夜花費兩秒的時間思考。

「……還沒討論過呢，既然是『為了追求笑容』的社團，不如就叫『笑容社』如何？有人反對嗎？」

沒人反對，於是「笑容社」的提案通過了。

但是，也未免太隨便了吧！好歹也認真討論過後再決定吧！

只是，以現狀來考慮的話，確實招攬社團顧問才是最重要的事。

社團名稱什麼的，只能起到表面上的象徵意義，如果不是太在意細節的人，通常也就這麼算了。

硬要說的話，我覺得這間充滿怪人的社團，叫做怪人社還比較適合。

不過，取這個名稱的話會有點不妙，各種意義上都是。

快速結束社團名稱的議題後，凜凜夜再次詢問不知火。

「就沒有那種、目前尚未擔任社團顧問的老師嗎？」

「有，還剩下一位，可是……」

不知火欲言又止。

大概是武士的矜持使她不願擅自評斷他人，她考慮許久後，才繼續說下去。

「那位老師在校內的評價……有點微妙。」

這話似乎引起了暖暖陽的好奇心，原本在觀察手指甲的她，露出感興趣的表情。

「什麼什麼，校內的評價有點微妙？這是什麼意思？」

不知火有點猶豫，但對上三個人期待的目光，還是接續了話語。

「……所謂的校內評價微妙，並不是指身為老師在工作上的考績差勁，不如說正好相反——這位老師的工作考績全部都是最優等，待人也相當親切……只不過……」

「只不過什麼？」

暖暖陽好奇地問道。

最後，不知火終於說出內心的想法。

「……只不過，她有一些不好的傳聞。」

「傳聞？啊、人家知道了，該不會是『那一位』吧——!!雖然不是辣妹，但在我們圈子裡也很有名氣的那一位女老師!!」

「色情脂肪怪，妳知道這個人？」

凜凜夜皺眉。

率先理解情況的暖暖陽，擺出「哼哼哼……快稱讚聰明的人家吧」的得意表情，並且挺起胸口。

她無意中的行為，讓原本就很飽滿的胸部更加顯眼。

……好大。

暖暖陽抬起鼻子，說話語氣甚至比表情更加得意。

「人家當然知道啦，是指『十宮亂鳳』老師對吧？確實像不知火同學說的那樣，她的工作能力異常優秀，但是呢——她也有個傳聞，那就是——淫亂。」

「淫、淫亂？」

凜凜夜目瞪口呆，顯然是第一次聽說這件事。

「明明身為神聖的教師……這是多麼不知廉恥!!」

露出痛心疾首的表情，不知火紅著臉低下頭。

豎起說明的食指，暖暖陽繼續說下去。

「——沒錯，聽說擔任保健室老師的十宮亂鳳老師，是個超級大美女。她不過剛剛就職滿一年左右，就與全校所有的男老師傳出過緋聞，而且連已婚的對象也不放過！」

「但是呢，聽說她每交往一段時間就會甩掉前一個男人，然後尋找新歡——所以在校內又有一個外號，叫做『喜新厭舊的魔女』。」

喜新厭舊的魔女？

如果與全校所有的男老師傳出過緋聞的話——那至少曾經有過三十個對象。在短短一年期間，就達成這樣的可怕創舉，也難怪會有這樣的外號。

只是，凜凜夜聽完關於十宮亂鳳這個人的背景故事後，卻哼了一聲。

「哼，本小姐才不信呢，傳聞多半是誇大了。她既然有那麼難聽的外號，加上那喜新厭舊的性格——按常理來說，那些已婚的男老師應該會提前避開她吧？沙漠中的旅人，發現同伴踩到蠍子就會提高警覺，這是相同的道理。」

暖暖陽依舊仰高鼻子，用鼻子發出「哼哼哼」的聲音嘲笑凜凜夜。

「所以說妳是笨蛋海苔!!」

「妳說什麼——!!」

「笨蛋海苔，笨蛋海苔！她之所以會在辣妹圈子裡也很有名氣，外號又被稱為『魔女』，原因只有一個。」

「什麼啦！快點說，不要賣關子！」

一直被罵笨蛋海苔，凜凜夜越聽越不爽，但為了得到更多情報，還是勉強耐住性子。

暖暖陽終於說出重點。

「原因就是，她蠱惑男人的技巧太可怕了，沒有正常男人能夠逃離她的魔掌。」

「哼，本小姐還以為有什麼祕密，一聽就知道還是誇大其詞!!既然是能夠擔任老師的年齡，充其量也就是過了保鮮期的老女人而已，本小姐沒說錯吧？」

但凜凜夜依舊極為不屑。

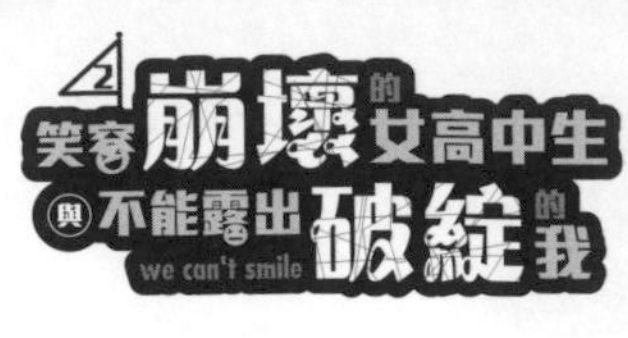

然後，她以社長的身分發言，宣告這次開會的結論。

「——總之，我們『笑容社』很需要社團顧問，不管是魔女還是女巫都無所謂，必須邀請她來，成為我們的社團顧問。」

社團顧問的老師人選，就這麼樣被一口氣敲定下來。

趁著天色還早，大家決定立刻前往保健室，碰運氣看目標人物還在不在其中。

「好！笑容社全員出發！」

由身為社長的凜凜夜在前方領軍。

「GO——GO——GO——!!」

興高采烈舉高手臂的暖暖陽在中間。

我與不知火則走在後方。

於是，我們出發前往拜訪傳說中「喜新厭舊的魔女」，十宮亂鳳。

保健室並不在教學大樓中。

經過中央廣場與學校食堂，又路過學生宿舍後，才抵達保健室。

但是走到保健室門口時，才發現保健室似乎比我們想像中還要狹小，占地大約只有一般教室的三分之二。

觀察過後，凜凜夜有了新的決定。

「保健室好像不怎麼大，擠在小空間也有失禮數，不如由本小姐帶著二藏進去就好。色情脂肪怪與橡皮筋武士，妳們在外面等。」

「在下不在場，這樣沒問題嗎？」

「沒問題，我會說是風紀委員長推薦我來的。」

「原來如此。」

簡短的商量結束後，由凜凜夜率先敲門。

叩叩叩。

停頓一秒鐘後，保健室內傳來年輕女性的聲音。

「請進。」

這是我這輩子聽過最特殊的嗓音。

她的嗓音聽起來極為柔和，帶給人一種軟綿綿的母性感受，但同時又夾帶強烈的妖媚感，充滿露骨的女性魅力。

一陣莫名的內心搔癢感也隨之揚起，彷彿那聲音沿著耳朵鑽進了身體裡，一直跑到了胸口處似的。

但明明聽見同樣的聲音，凜凜夜、不知火、暖暖陽三名少女卻都沒有異狀，那聲音似乎只對男性有影響。

「二藏，我們進去吧。」

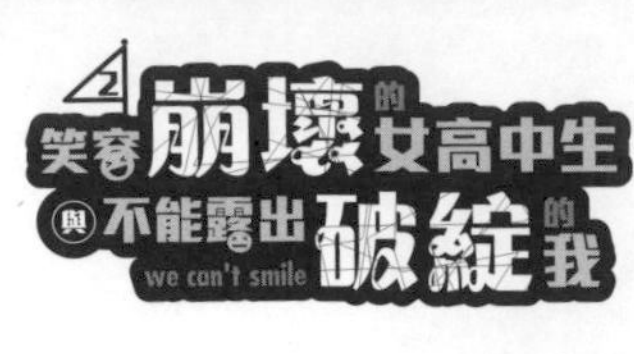

凜凜夜平靜地拉開保健室大門，率先進入其中。

尾隨凜凜夜踏進保健室，殿後的我關上保健室大門。

保健室內的燈光是鵝黃色的，裝飾也十分簡潔，各式急救醫療用品還有辦公桌椅，以及用青色簾子隔開的幾張病床，除此之外別無他物。

而十宮亂鳳本人，此時就坐在辦公桌前撰寫文件，聽見開門聲後，她旋轉椅子過來面對我們。

她滑順的類咖啡色長髮，一直垂到接近腰部的位置。外表年齡看起來最多只有二十歲左右——給人的第一印象，就是衣著暴露的巨乳美女。

再仔細觀察穿著的話，她做為內襯的上衣是白色襯衫，外面套著紫藍色的西裝外套，下半身則是時下常見的ＯＬ套裝裙子，以及半透出腿部肌膚顏色的長絲襪。

白色襯衫、西裝外套、ＯＬ套裙，以及長絲襪——

——明明搭配起來很安全的這些衣服套件，可是由於主人任由西裝外套敞開，再加上只能用驚人來形容的巨乳高高撐起襯衫，導致整體形象變得十分色氣。

但是，色氣的穿著，我想這並不是十宮亂鳳被稱為「魔女」的主因。

因為，如果將視線移到十宮亂鳳的臉上，她臉上那一對眼角微微下勾、似乎隨時都在誘惑男人的桃花眼，才是使主人成為魅力殺手的主因。

雖然十宮亂鳳的整體五官，也是漂亮精緻到足以成為明星的程度——但那一對桃花眼，卻會讓任何看過的男人難以忘懷。

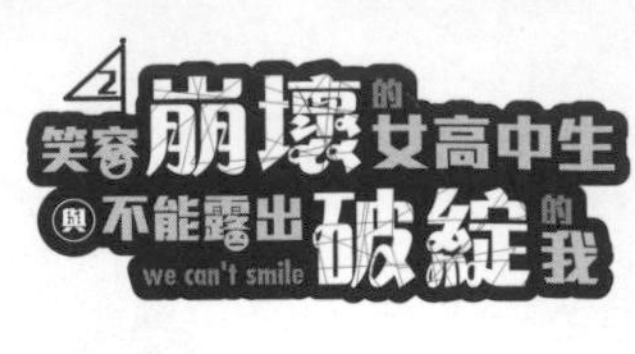

……那是彷彿會傳達情絲，會勾引人的魔性雙眼。

十宮亂鳳就是這樣外貌特殊、而在某方面來說又無比可怕的女人。

凜凜夜站到辦公桌前，但她還沒發言道出來意，十宮亂鳳的目光就忽然投向我。

她掩住嘴輕笑，用那種充滿母性與妖媚感的聲音對我發話。

「嗚呵呵，剛見面就目不轉睛地盯著人家看，真是毫不掩飾的好奇目光呢。怎麼樣，我好看嗎？」

「啊、那個……」

糟糕，剛剛盯著看的行為太露骨了嗎？我只是在猜測「傳聞」是否屬實而已。

但是，被十宮亂鳳用稍帶揶揄的語氣發問，那種直截了當的詢問方式，馬上擊垮我內心上的防線，臉上感到狠狠發燙。

凜凜夜斜眼向我看來，如果剛剛說我的目光帶著「毫不掩飾的好奇」，那凜凜夜就是帶著「毫不掩飾的殺意」。

嗚哇、好可怕。

「實在非常抱歉！我代替這個笨蛋向您道歉！」

按著我的後腦一起彎下腰去，凜凜夜進行九十度鞠躬。

但十宮亂鳳似乎並不介意，不如說剛好相反，她露出愉悅的微笑。

「沒關係、沒關係，處於青春期的男生，對女性有好奇心是很正常的哦？身為保健老師，我完全可以理解，也並不介意唷？」

「……」

雖然沒有發言反駁，但像是心情又變得更加不爽那樣，凜凜夜按著我後腦的手掌，十指忽然用力收緊。

痛痛痛！

接著，十宮亂鳳發問。

「那麼，請問你們有什麼事呢？」

終於要進入正題了。

凜凜夜站直身軀，用禮貌的語氣道出來意。

「是這樣的，我是……」

她先道出自己的本名，然後才繼續說下去。

「……由於我們社團缺乏顧問，所以一直沒有辦法投遞申請書正式成立——而我們透過學生會與風紀委員長的介紹，得知您目前還沒有參與社團相關事宜，所以這裡想誠摯地邀請您，成為本社團的顧問——」

語畢，凜凜夜將厚達十頁的「社團未來與展望企劃書」，交到十宮亂鳳的手中。

這裡不得不佩服凜凜夜，她居然能把整天待在社團裡吃吃喝喝看漫畫或者吵架的行為，用極為高妙的文筆加以修飾，將社員都形容為極度追求理想的優秀學生。

為了德智體群美的完善，以其為基礎不斷發展延伸，因此才成立的社團——笑容社!!

除了社員包含風紀委員長之外，而且在推薦人一欄上，凜凜夜直接填上了學生會長的名字。

簡直是完美無缺。

只能說無懈可擊。

再次重申，雖然實際上我們只是一群整天待在社團吃吃喝喝或是吵架、可以說不正經到了極點的傢伙，但從企劃書上看來卻剛好相反，我想任何不明內情的熱血師長，都會為了企劃書上這群學生的節操與志向而感動掉淚。

十宮亂鳳接過企劃書後，打開逐頁翻看。

「哦……一男三女的社團嗎？社團名是『笑容社』呀……而社團活動的預計內容，看起來也挺不錯的。」

「是的，這個社團名是經由接近一個禮拜的討論，考慮現代教育所需的『德智體群美』五育後，決定以學生身心健康為主、來延伸發展基礎才鄭重得出的社團名。」

凜凜夜答話時的表情極為嚴肅，讓我差點信以為真。

可是，這個社團名明明是像「就擲銅板來決定晚餐要吃什麼吧」那樣隨意取的吧！

看來，凜凜夜這傢伙說不定有當政客的潛力。

在鵝黃色燈光的映照中，十宮亂鳳滑膩的肌膚更顯白皙，給人一種會在燈光下發光的錯覺。

這時候我注意到她右眼角下方有一顆細微的黑痣，這不但沒有減損她的美貌，反而更加增添成熟女性專屬的嫵媚氣息。

「說起來，社團成員似乎都是校內有名的美少女呢……有凜同學妳，以及優花同學，還有不知火同學。」

凜凜夜的本名裡帶有「凜」這個字，我早已瞭解。

十宮亂鳳在說話的同時，將些許散飄的咖啡色髮絲撥到耳後。

「……就連我也聽說過妳們的名號，畢竟在學校網路社群裡的『P高中十大美少女』的非官方投票，妳們三個都是前五名呢。」

忽然被稱讚長相，凜凜夜有些困惑地睜大眼睛。

但她依舊很有禮貌。

「——哪裡，只是承蒙父母的饋贈而已。」

十宮亂鳳微微一笑。

「妳們的校內成績也都很好吧？既然社團成員都是品學兼優的好學生，又有學生會與風紀委員的擔保，如果去拜託其他老師兼任顧問的話——我想其他老師也不會拒絕的。」

她說到這裡語氣微微停頓，但在我聽來，她的話語內容似乎漸漸傾向了回絕邀請。

凜凜夜也聽出了言中之意，於是急忙開口補救事態發展。

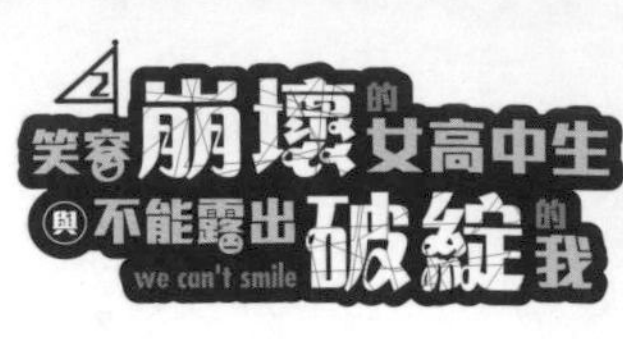

「請、請別這麼說，您在校內的考核更是優異，是個不可多得的好老師。除了您以外，絕對沒有——」

「呼呵呵……」

用手背掩嘴，十宮亂鳳用黏膩的語氣發出輕笑聲。

那笑聲雖然並不無禮，但卻阻止了凜凜夜繼續說下去。

「不可多得的好老師，是指我嗎？凜同學。」

「這當然……」

「——就算我被稱為『喜新厭舊的魔女』也沒關係？」

像是想要探測對方的真實心意——十宮亂鳳盯著凜凜夜的眼睛直看，那帶著魔性的桃花眼，也跟著微微眯起。

——遭受突然的話語襲擊，與「魔女」難以描述的凝視，就算是凜凜夜也不由得沉默。

原本一直能夠掌控局面的凜凜夜，話語的主導權忽然被奪走。

保健室內忽然陷入沉默。

而身處令人尷尬的沉默中，只過去兩秒，十宮亂鳳再次輕笑。

她的視線在我與凜凜夜之間徘徊，然後、突然詢問不相關的問題。

「話說回來，你們是情侶嗎？」

乍聞問題，或許是因為剛剛內心防線有些失守，凜凜夜此時有些失去平常的冷靜。

所以她的情緒波動，也比平常更加明顯。

「怎、怎麼可能——!!本小姐怎麼可能與這種黑猩猩是情侶，請不要搞錯狀況！跟、跟這種男人打好關係什麼的，本小姐更是徹徹底底沒想過這種事——」

凜凜夜顯得十分慌亂，忽然用平常習慣的「本小姐」開始自稱，先是瞄了我一眼，然後又局促地偏過頭去。

她臉紅了。

這一切都落入十宮亂鳳的眼中。

於是，十宮亂鳳又笑了。

「唔嗯，原來如此，你們還不是情侶呀。」

還不是？

「——以後也不會是!!」

臉蛋變得比剛剛更紅，凜凜夜發出氣急敗壞的大喊聲。

左右端詳凜凜夜的神色後，十宮亂鳳先是露出感興趣的表情，但不知道為什麼，她很快又輕輕搖頭。

接著，十宮亂鳳重歸正題。

「……不如這樣吧，凜同學，麻煩妳幫我去拿放在內側病床旁的教師日誌，我先查看自己的排程，能不能騰出時間，再決定是否擔任社團顧問，這樣可以嗎？不過

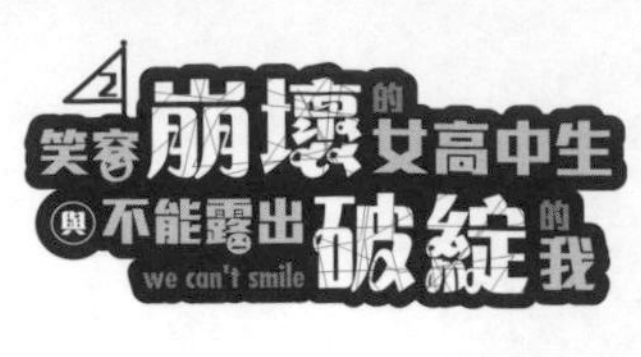

那邊有點亂，要麻煩妳找一下了，是淡藍色的封面。」

原本臉紅慌亂的凜凜夜，用力點頭答應。

「嗯、喔喔!!內側病床的教師日誌是嗎？我、我這就去拿!!」

像是為了逃離現場稍作喘息，凜凜夜馬上邁步往內部走去，撥開病床旁的青色簾子奮力前進。

凜凜夜的身影，短暫消失在青色簾子的後方。

忽然之間，簾子這一邊就只剩下我與十宮亂鳳兩人。

接著，十宮亂鳳看著我，笑了。

那是極為誘人的媚肉之笑。

然後，十宮亂鳳椅背輕輕往後一靠，她原本用來撰寫文件的辦公桌上，忽然有鋼筆掉落，滾落在地上。

「哎呀哎呀……筆不小心掉了呢。」

那鋼筆最後停在十宮亂鳳的腳邊。

然後，十宮亂鳳先是盯著我看了一秒鐘，發出帶著母性與妖媚感的輕笑聲。

接著，她維持坐在椅子上的姿勢，開始用很慢很慢的動作，彎下腰去撿筆。

在撿筆的過程中，因為胸部很大的關係，直接觸碰到了膝蓋，使白色襯衫下的胸部被迫擠壓變形，原先飽滿的球形呈現柔軟的延伸。

因為胸部實在太過豐滿，她居然第一時間撿不到筆。

……好大。

經過幾秒鐘的努力後，十宮亂鳳直起纖細的腰肢，然後用帶著挑逗笑意的眼神，斜過眼向我瞥來。

那雙桃花眼，彷彿在笑。

經過一瞬間的目光相觸，我下意識迴避她的視線。

與此同時，在近距離互相注視後，我忽然察覺到某些先前未曾發現的東西。

……她的眼瞳深處，似乎蘊含著某種讓人寒毛直豎的情感。

十宮亂鳳交叉起穿著絲襪的修長雙腿。

再來，像是害怕凜凜夜聽見那樣，她壓低聲音，笑著發言。

「……唔嘻嘻，你看見了？」

「沒有！」

這時候當然要否認。

「哦——沒有嗎？那麼——」

不過，聽見我的否認，十宮亂鳳忽然半彎下腰。

她輕輕扯開自己的襯衫上方的空隙，讓我能夠直接窺視、那幾乎深不見底的乳溝。

「——那麼，這下子有了吧？」

說話時，十宮亂鳳露出妖豔的笑容。

受到刺激的心臟怦怦直跳，血液幾乎在瞬間逆流。

而這時候，在教室內側尋找教師日誌的凜凜夜，終於找到目標物，拿著東西開始返回。

大概也察覺了狀況，十宮亂鳳伸出舌頭，先舔了舔嘴脣後，將左手食指豎在嘴脣前，對我「噓」了一聲，比出保密的樣子。

「……!?」

將教師日誌交給十宮亂鳳之後，凜凜夜似乎察覺氣氛有點不對勁，她以目光環顧教室之後，皺起眉頭。

但既不是偵探、也沒有透視能力的凜凜夜，被青色簾子遮擋目光後，也只能懷疑而已，很快就不再在意。

「那麼，請您鄭重考慮是否擔任社團顧問。」

「唔嗯，好的，凜同學。讓人家看看——」

十宮亂鳳豎起教師日誌，查看其中的某幾頁。

過去一分鐘後，她嘆了口氣。

然後，她從教師日誌上探出的臉，顯現有些難以啟齒的歉意。

「那個……凜同學，真的非常抱歉。身為保健室老師，我也是很忙的，最近幾個月的行程都已經排滿了，實在是擠不出時間擔任顧問——」

「……原來如此。」

凜凜夜面無表情地點頭。

十宮亂鳳闔上教室日誌，舉起單掌做出「抱歉」的手勢。

「對不起呢，只能麻煩你們去找別的老師了。」

「……哪裡，是我們的要求太過無禮，打擾了。」

凜凜夜的臉部肌肉依舊沒有任何牽動，她再次點頭。

「那麼，既然人都來了，要留下來喝杯茶嗎？」

「不用了，心領好意。」

回拒十宮亂鳳的喝茶邀請，凜凜夜帶著我離開保健室。

像是在彰顯主人的心情那樣，她的腳步很急躁。

「怎麼樣怎麼樣？她怎麼說？」

「成功了嗎？」

不理會等在門口不遠處的暖暖陽與不知火，凜凜夜快步繼續前行。

從方向看來，似乎是要回社團教室。

在遠離保健室超過一百公尺後，凜凜夜的表情已經轉為如烏雲般陰沉。

「嘖！那個女人……!!」

從齒縫裡擠出的聲音帶著明顯的怒意。

「怎、怎麼了嗎？」

我追上凜凜夜，有點心虛地詢問。

凜凜夜的表情更難看了，緊緊握起的拳頭，像是在發洩內心的憤怒。

「那個女人，從一開始就沒有想答應的意思，只不過是在戲耍我們而已。」

從一開始就不想答應？戲耍？

「怎麼說？」

我提問。

凜凜夜超級不爽地開口解釋。

「——剛剛在拿教師日誌的過程中，本小姐已經偷偷翻閱過內容，雖然那本日誌似乎是特殊的，用只有她能懂的暗號記錄，不過剛剛本小姐已經記下日誌的最後內容，究竟記載到哪一頁為止。」

聽到這，我忍不住瞪大雙眼。

「難道說……」

「沒錯，而那個女人——剛剛翻開假裝在看的那一頁，根本就是空白的!!她從一開始就做好了回絕我們的打算，還裝出一副無辜的模樣！」

換句話說，十宮亂鳳讓凜凜夜去拿教師日誌的行為，完全是多餘的。

在凜凜夜看來，或許只是單純被戲耍而已。

但是，全程目睹了十宮亂鳳行為的我，卻對這個人感到更加迷惘。

她支開凜凜夜，在我面前刻意彎下腰撿筆的動作，又是為了什麼呢？只是單純覺得有趣嗎？

我沒有錯過，在與十宮亂鳳單獨相處時，她那桃花眼中涵蓋的真正笑意。

如果是其他人看來，那大概是一雙充滿魅惑的漂亮眼睛吧。

可是，在我看來並不是這麼回事。

只有同樣身為「不能笑」的囚徒，才能察覺出那眼神的細微變化。

——十宮亂鳳，她的眼瞳深處，似乎蘊含著某種讓人寒毛直豎的情感。

那情感，如果仔細辨別的話……

——毫無疑問，是冰冷。

她雖然臉部肌肉在笑，就連眼睛都在笑，但眼瞳深處蘊含的卻是難以言喻的冰冷。

彷彿暗藏萬古不化的堅冰那樣，十宮亂鳳的眼眸深處，或者說她真正的情感投映之處——卻是一片天寒地凍的荒涼之地。

——就像從來沒有人可以走進她的內心。

——恍若從未對他人抱以暖意。

由此進行推測，很有可能、十宮亂鳳平常用來反應他人的表情，全部都是虛偽的笑容。

那笑容，很像暖暖陽平常對朋友露出的假笑——不對，或許十宮亂鳳擁有的是更上層的東西——是更令人冰寒徹骨的、未知的真性與情感。

而她刻意讓凜凜夜去拿教師日誌，再悄悄展露身材給我看的行為，事後回想更是詭異。

……無法看穿。

……難以識破。

哪怕有過不短時間的接觸，我依然無法得知「喜新厭舊的魔女」究竟在想些什麼。

事後，回到社團教室。

凜凜夜用簡短的敘述向眾人抱怨過後，就坐在沙發上，開始狂吃暖暖陽的信徒們的零食供品。

用暴飲暴食來洩恨啊……

不過，桌上堆積如山的零食也未免太多了吧，不由得令人好奇，暖暖陽所謂的「信徒」到底有多少位呢……

「喂，妳吃太多了啦！會胖喔，而且是胖肚子不是胖胸部！」

暖暖陽的勸告，讓嘴巴裡塞滿食物的凜凜夜不滿地抬起頭。

「超、吵死了！會胖什麼的，本小姐才不想被零食脂肪怪這麼說！」

連說話時都口齒不清，凜凜夜將食物努力嚥下腹中。

而不知火坐在不遠處擦拭竹劍的同時，也忍不住發出評語。

「十宮亂鳳老師……居然是比傳聞中更難對付的人物啊……沒有事先察覺，看來是在下的修行還不夠，回去必須勤加修煉才行！就從竹劍下劈一萬次的基本修行開始吧。」

不知火有些苦惱，而凜凜夜心情不好，唯獨暖暖陽有點幸災樂禍。

同樣坐在沙發上的暖暖陽，先拿起草莓味的薯片咬了一口，然後閉起單眼，驕傲地哼了一聲。

「——所・以・說，果然是因為人家沒有親自登場的關係吧？假如由腦袋聰明、長相可愛，就連胸部也很大的——神之少女本人現身邀請的話，顧問的事情，大概能隨隨便便輕輕鬆鬆就解決掉吧？」

暖暖陽說完後灌了一口可樂。

而無法正常露出笑容的凜凜夜，此時露出嘴角抽搐扭曲的冷笑。

「隨隨便便輕輕鬆鬆？妳還真敢說啊，愚蠢的單細胞脂肪怪。」

「哼咧——誰愚蠢啊，說別人愚蠢的人自己才愚蠢！人家在入學測驗時的排名，是新生裡第五耶！」

暖暖陽用食指指尖扯下眼皮，做了個鬼臉。

但凜凜夜的冷笑沒有停止。

「煩死了，第五名又怎麼樣？妳早就已經說過了，不要一直拿出來強調！」

記得凜凜夜的入學測驗排名是第一吧，如果單從學習能力來看，這兩個傢伙都是學霸啊……

還有，這兩個人居然能像倉鼠那樣往嘴裡拚命塞零食，一邊吵架啊……某方面來說挺讓人佩服的。

話說，不知火呢？

好奇心促使我開口詢問。

「不知火同學，妳入學測驗的排名是多少？」

「……第八名。」

不知火用平淡的語氣回答。

第三個學霸！

……我忍不住流下冷汗。

雖然我的成績算是不錯，但也只是以平均值而言。

這個社團難道除了我之外都是學霸，對比之下，豈不是顯得我像個笨蛋一樣嗎？

這時候凜凜夜發問。

「那麼，二藏，你的入學測驗排名是多少？」

「哈哈哈哈——那還用說，當然是不錯啦，哈哈哈哈哈哈——」

以宮本武藏的孤獨之路為典範的我，是不能露出破綻的。

因為害怕被學霸們用鄙夷的眼神打量，我只好拚命乾笑。

然而，即使如此，凜凜夜依舊用鄙夷的眼神看向我。

「你的笑容好噁心，簡直像鬼臉一樣，別笑了！」

喂！

——這方面的話，妳們這些笑容崩壞扭曲的傢伙，才沒有嫌棄我的資格!!

離太陽西沉還有一點時間，依據過去的經驗，社團活動時間大約剩下半小時。

凜凜夜與暖暖陽終於吃完零食。

如果遠遠看去的話，並排坐在沙發上的兩人就像一對感情很好的朋友，但我很清楚實際上並不是這麼回事。

這時候，凜凜夜舉起拳頭清了清喉嚨。

「咳，色情脂肪怪……在這裡事先聲明，本小姐可不是記恨，但我還是有些話想對妳說。」

「什麼什麼？」

暖暖陽露出好奇的表情。

「妳剛剛說的某些話，讓本小姐非常介意，介意到連薯片都不小心多吃了五包。」

「這就叫做記恨啦！還有妳只是單純貪吃而已吧，難道妳想從發霉海苔進化成發胖海苔嗎！」

暖暖陽發出大叫。還有難得她的吐槽這麼犀利。

凜凜夜表情一沉，接著拿出報紙摺扇，往暖暖陽的頭上「啪」地一揮。

「吵死了！就已經聲明過那不叫記恨，本小姐是這麼小氣的人嗎！」

「痛痛痛——!!可惡的發霉薯片、發霉薯片!!如果想辯解自己是個大方的人，就先把妳手上的摺扇放下啦！」

「唔……!!」

凜凜夜面有難色，手上握著摺扇的她，一時之間居然找不到反擊的措辭。

很難得她在爭執中被暖暖陽擊退了，這場口舌之爭，由暖暖陽獲得了勝利。

而一旁的不知火，則是臉色複雜地看著兩人。

「無謂的爭執啊……這裡果然是是非之地，那麼……在下的劍，究竟有沒有揮出的價值呢……」

拜託不要揮出！

剛剛敗陣下來的凜凜夜，似乎有些欲言又止。

暖暖陽在這時候不滿地撇過頭去，她斜過眼睛看向凜凜夜，敏銳地察覺到對方的想法。

「所以勒，腐爛發酵海苔，妳還想說些什麼？」

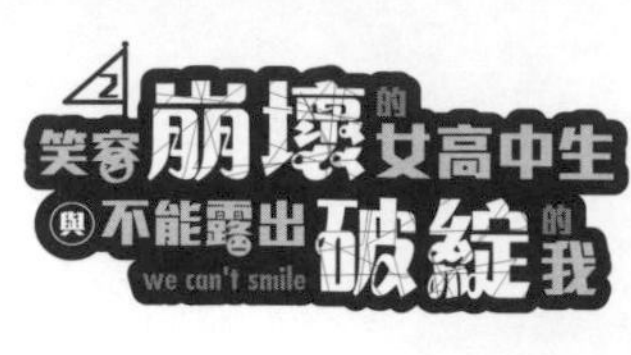

「……色情脂肪怪，妳剛剛說『果然是因為人家沒有親自登場的關係吧？假如由腦袋聰明、長相可愛，就連胸部也很大的——神之少女本人現身邀請的話，顧問的事情，大概能隨隨便便輕輕鬆鬆能解決掉吧？』，這些話，讓本小姐很不爽。」

「噗哇……嚇死人了，妳也記恨太久了吧！都過去至少二十分鐘了，那些話早就被人家塞到記憶的角落去了耶！」

「別扯開話題，總之妳讓本小姐很不爽。」

「是——我們偉大的發霉薯片社長小姐不爽了，人家知道了。」

耳聞暖暖陽敷衍的態度，凜凜夜用鼻子發出重重「哼」的一聲。

「色情脂肪怪，妳的態度能這麼輕鬆，是因為妳根本對『十宮亂鳳』那個女人的恐怖一無所知。」

「一無所知？哦呵呵呵～～就像神話中的女神一樣美麗、偉大的人家會一無所知？這個笑話的品味還真低呢。」

用手背遮住臉頰，暖暖陽發出很類似動畫裡惡役大小姐的笑聲。

她的笑聲更加激發凜凜夜的怒火。

於是，凜凜夜繃緊了臉蛋，繼續施展強力的言語攻擊。

「愚蠢脂肪怪，妳能因為無知而感到幸福，也就只有現在了——畢竟，假如那個女人擔任社團顧問的話，妳自己最引以為傲的存在價值，就會徹底失去。」

暖暖陽最引以為傲的存在價值？是指什麼？

與我有相同的困惑，果然暖暖陽也不明白意思，於是她展開猜測。

「人家引以為傲的存在價值？呵呵……是指聰明的腦袋吧？」

「呿，不要拿子虛烏有的東西來炫耀。」

被反駁後，暖暖陽繼續猜下去。

「……不然就是指美貌？」

「妳的美貌在本小姐面前，簡直不值一提。」

暖暖陽終於皺起眉頭。

「那、答案到底是什麼啦!?」

就連在旁邊擦拭竹劍的不知火都投去目光，集齊眾人的注意後，凜凜夜終於公布答案。

她伸出手指，從側面戳了戳暖暖陽的胸部，引起胸部柔軟的抖動。

「是胸部。妳常常以壓倒性的乳量自豪對吧？還常常嘲笑本小姐是貧乳，哼！」

「哈啊？是沒錯啦，所以呢？」

確實暖暖陽常常以自己的身材為傲，但她聽了許久，還是不瞭解凜凜夜真正的用意。

這與十宮亂鳳老師有什麼關係呢？

於是，以言語蓄力已久的凜凜夜、準備發出大絕招般的致命一擊。

「果然妳是一隻愚蠢、悲哀、不知好歹的笨蛋脂肪怪嗎……給本小姐洗耳恭聽，答案我只說一次。」

「快點說啦！」

在對方的催促聲中，凜凜夜的致命一擊發出！

「那個女人的胸部，比妳還大。」

凜凜夜擠出一個扭曲的冷笑，然後繼續追加傷害。

「——以身材為傲的妳，如果在身材方面被比下去，妳的存在價值就消失了，懂嗎？就像PS4主機快速取代PS3在玩家心中的地位那樣，妳也會被放在笑容社的角落裡可憐兮兮地長灰塵！」

暖暖陽先是呆滯片刻，但是她很快反應過來，露出信心滿滿的笑容。

身為社團裡唯一能夠偽裝笑容的成員，她現在的笑容看起來很可愛，也說明表情的主人對自己多有信心。

「哈！胸部比人家還大？別說笑了，人家可是有F罩杯哦？而且快要升級成下一個罩杯了。」

「……哼，雖然沒有準確的數據，但根據本小姐目測，那個女人至少有H罩杯或I罩杯。」

「胡扯，世界上怎麼可能會有那種巨乳妖怪存在！」

暖暖陽對自身的信心，徹底壓倒她對於凜凜夜說詞的信任。

於是她決定將凜凜夜的臺詞，當成落水狗的垂死掙扎。

接著，暖暖陽露出憐憫的神情。

「——吶，話說發霉海苔，妳跟本不知道F罩杯或是H罩杯是什麼概念吧？好比口袋只有一百塊的窮人，永遠不會理解擁有一千萬的富豪的心情。」

一邊用可憐對方的語氣發話，暖暖陽拍拍對方的肩膀。

「為了打擊身為神之少女的人家，居然編造謊話呀……這種垂死掙扎太難看了，真的太難看了哦？」

聞言，凜凜夜不斷冷笑。

大概，在這兩名少女的心中，此時都認為對方是蠢蛋吧。

自認贏過「可憐的貧乳發霉海苔」的暖暖陽，此刻心情好到有些飄飄然的地步。她笑得露出了雪白的牙齒，然後提出接下來的計畫。

「這樣吧，趁著人家心情好，身為神之少女的我，就大發慈悲地請客，帶妳們去學校附近的『幽靈大頭貼機』拍照吧。」

「為什麼本小姐非得要跟……」

在凜凜夜還來不及拒絕之前，暖暖陽就繼續提出乍聽之下很有道理的意見。

「這也是為了從笑容囚牢中的『逃獄行動』做準備哦？畢竟那些能自然露出笑容的現充，最常使用的交際道具之一，就是大頭貼機！」

聽到「逃獄」這兩個字，對於這件事始終耿耿於懷的凜凜夜，表情在瞬間產生動搖。

「……那好吧。」

終於，凜凜夜點頭答應。

而我與不知火當然也沒有意見。

於是，「笑容社」的第一次社外活動，正式展開。

第五章　幽靈大頭貼機與刻骨之仇

由暖暖陽在前方帶路，我、凜凜夜、不知火三人則在後方跟著。

穿越教學大樓與廣場，沿著迴廊走出學校，在離校門口大約四百公尺的地方，有一家專門放置扭蛋與夾娃娃機的小型遊樂場。

透過網路上查的地方簡介，這間小型遊樂場為了擴展客源，在上個月引進了各式各樣的大頭貼機，這裡頓時成為ＪＫ們趨之若鶩的拍照聖地。

而在那些大頭貼機中，其中最受歡迎的就是「幽靈大頭貼機」。

要問為什麼受歡迎，其實也就是因為可愛而已。

但大多數ＪＫ對可愛的東西天生缺乏抵抗力，所以暖暖陽在走路的時候就興奮到不行。

「那個幽靈大頭貼機，是最近超級～～流行的東西哦!!推特上甚至常常能看見從隔壁縣市跑來朝聖的『大頭粉』喔！超厲害的對吧！」

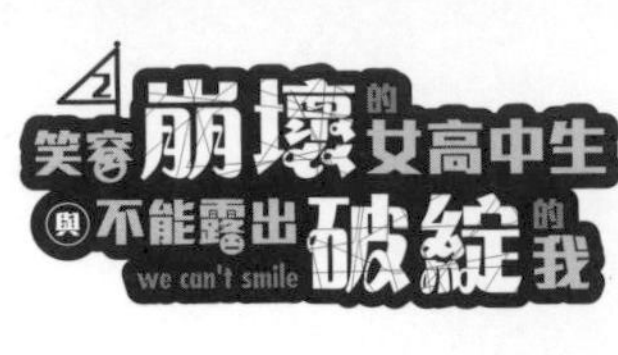

聽見陌生的名詞，凜凜夜皺眉發問。

「……大頭粉是什麼？」

「專門到處朝聖大頭貼機的狂熱粉絲啦，簡稱大頭粉！發霉海苔，妳明明是ＪＫ，卻連基本的ＪＫ知識都不知道呢。噗噗噗……超遜的、遜斃了！」

「那種奇怪的知識，本小姐才不需要知道！」

被暖暖陽奇怪的笑聲笑得有點臉紅，凜凜夜用力轉過頭去。

發覺凜凜夜不擅長的事情後，暖暖陽趁勝追擊。

所以她放緩腳步，與不知火走在一起。

閉上單邊的眼睛後，暖暖陽輕輕拉扯不知火的制服短袖。

「哎呀呀，不知火同學，果然與那片發霉海苔不一樣，我們才是時下正常的ＪＫ呢——如果是不知火同學的話，肯定從一開始就瞭解『大頭粉』的意思吧？」

「不，在下並不瞭解。」

「咦？騙人！」

「坦白說，在下起初以為『大頭粉』是某種高熱量食物。」

「嗚哇……!!」

暖暖陽用手摀住嘴巴，露出不敢置信的表情。

凜凜夜在這時候冷笑插話。

「色情脂肪怪，從剛剛妳就一直誇耀自己才是『時下正常的ＪＫ』，妳應該最懂得流行對吧？那我問妳，妳有跟朋友去過那間小型遊樂場、一起拍過大頭貼嗎？」

確實如此。

既然以走在時尚最前端的ＪＫ來自居，暖暖陽就應該要去過那間小型遊樂場才對，畢竟離學校也才四百公尺而已。

但是——

暖暖陽卻在聽見凜凜夜的提問後，忽然低下頭。

低頭玩弄著手指，暖暖陽的態度變得扭扭捏捏。

「這個……那個……因為人家沒有什麼同性的朋友，跟男生一起去拍大頭貼機又很奇怪，所以……那個……」

「——也就是說，妳自己也沒有去過，一切都只是『聽說』而已，沒錯吧？」

凜凜夜一針見血地指出真相。

因為太受男生歡迎，所以暖暖陽似乎在女生圈子裡受到嚴重的冷落與排擠——表面上能稱得上朋友的，也只有之前見過面的糰子、煙燻鮭魚、小動物那幾位而已。

但是，糰子、煙燻鮭魚、小動物這三位，與暖暖陽之間的交情，大概也不如外人想像的那樣融洽，否則也不會產生爭取地位的暗地鬥爭。

「……嗚。」

被指出事實後，氣勢瞬間變得低弱的暖暖陽，用幾乎聽不見的微弱聲量回話。

「……對啦，人家還沒去過。」

然後，凜凜夜毫不留情地持續給予言語上的重擊。

「色情脂肪怪，既然如此——妳和上網看過巴黎的照片，就到處嘲笑別人『欸？妳居然沒有去過法國嗎？』的傻瓜有什麼不一樣？簡直愚蠢到讓人不敢置信的地步，連阿米巴原蟲都會因為被拿來跟妳相提並論而感到受辱，忍不住發出『咕咕』的叫聲！」

在應該要最拿手的領域被凜凜夜批評得一無是處，暖暖陽很快變得淚眼汪汪。

「阿米巴原蟲才不會發出叫聲勒！」

「很好，原來妳還知道這點，總算不是無可救藥。」

「可惡的腐爛海苔，可惡死了，妳才是阿米巴原蟲啦！」

暖暖陽帶著哭腔的喊聲在街道上迴盪。

如果是剛進社團的時候，想必我會出言勸架吧。

可是此刻，我忽然發覺，自己已經很習慣這些傢伙動不動就吵架了。

或許，這才是專屬於她們的溝通方式吧。

思及此，我忍不住露出苦笑。

☾

小型遊樂場已經近在眼前。

只要穿過斑馬線，走到馬路對面，就可以抵達遊樂場的門口。

只是，在那之前，必須先等待紅綠燈的號誌。

「這個紅燈要等好久啊……」

能夠快速恢復元氣是暖暖陽的最大優點。在等紅燈時，暖暖陽又充滿精神地發出抱怨。

或許是因為這裡接近鬧區與商圈的關係，馬路上的車流量龐大，此時我們在等一個超過一百五十秒的紅燈，也難怪暖暖陽會不耐煩。

大概又因為正值下班時間，在等紅燈的時候，對面的候燈區與我們這邊的候燈區，都被大量上班族與學生站滿，原本就很狹小的候燈區，頓時變得擁擠不堪。

在紅燈剩下九十餘秒的時候，不知火忽然瞇起眼睛。

「……話說，那家店門口擠著的人，都是在排隊嗎？」

順著不知火的目光看去，小型遊樂場的門口確實擠滿了排隊的人潮，粗略一看就至少有四十個人……如果再加上店內的客人的話，人潮多到堪稱恐怖。

如果是孤身前來的話，當我目睹這樣的景象，勢必掉頭就走。

而凜凜夜與不知火，似乎也興趣缺缺。

可是，此時站在我身旁的暖暖陽，她一個人就付出了足以填補四人份的熱情。

「好棒喔、好棒喔!!既然有這麼多人去，裡面一定很好玩！」

雙手握拳上下抖動，暖暖陽還沒過馬路就已經熱情高漲，連眼睛都在閃閃發亮。

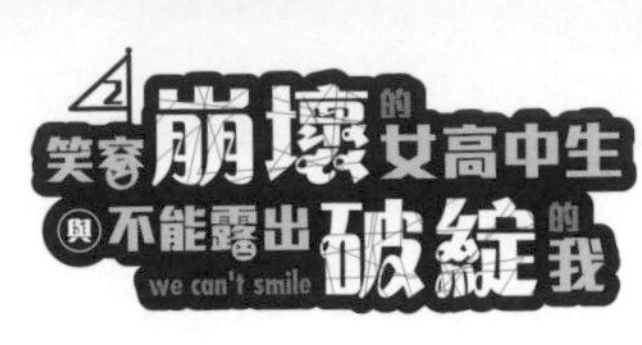

簡直像小孩子要去遠足一樣開心。

看到那人潮，凜凜夜好像有點不耐煩，開始板著一張臉不說話。

有可能，早已習慣安靜的凜凜夜，想要直接解散回家吧。

「……」

但是，保持沉默的凜凜夜，她先偷偷瞄了暖暖陽一眼，然後繼續板著臉又偏過頭去。

「嘖……」

有點出乎預料，她沒有說出難聽的話來刺激暖暖陽，也沒有說出「要打道回府」這種掃興的話。

倒數五、四、三、二、一、零！

彷彿有一個世紀那樣漫長的紅燈，終於宣告結束。

馬路兩側大量的人潮開始通過斑馬線，而目標是小型遊樂場的我們，也順著人潮往前推進。

「等了這麼久的紅燈，但綠燈居然只有三十秒而已……這條馬路還挺寬的，光是擠在人群裡走到對面，就要花上二十秒鐘吧。」

對於這樣不合理的綠燈設計，我忍不住低聲抱怨。

持續邁動步伐，我第一個到達馬路對面。

於是我停下腳步，回頭等待同伴們抵達。

不知火也馬上跟進，在我身旁停住。

第三個到達的是凜凜夜，她奮力排開人群，走到我們之間站定。

「色情脂肪怪呢？」

沒看見暖暖陽的身影，是被人群給沖散了嗎？

時間過得很快，綠燈僅存的秒數，即將倒數完畢。

就在綠燈的秒數剩下五秒的時候，斑馬線上的人潮終於變得稀疏，而我們也望見暖暖陽的身影。

「咦？」

「嗯？」

凜凜夜與不知火都疑惑地看向暖暖陽。

因為暖暖陽沒有動。

暖暖陽站在剛剛等紅燈的地方，似乎連一步也未曾邁出。她就那樣站在原地，注視著馬路對面，表情似乎有些呆滯。

我剛開始以為暖暖陽在看我們，但她的眼神並沒有與我們其中任何一個人相接。

暖暖陽就只是站在那裡，望著空處，僅此而已。

「色情脂肪怪那傢伙搞什麼鬼？」

但是，就在我們疑惑的同時，像是忽然回神過來的暖暖陽，抬起手臂向我們揮手。

「啊哈哈，人家剛剛在想事情，一不小心就出神了，真令人難為情呢。等下一個綠燈亮了，人家就馬上過去！」

露出抱歉的笑容，暖暖陽用手指搔著臉頰。

下一個綠燈亮起後，暖暖陽小跑步通過斑馬線，來到我們身旁。

她先是彎腰按著膝蓋略微喘氣，然後馬上掩嘴驚呼。

「啊、那家排隊的人潮真的好多，都已經快站到隔壁去了耶！我們也快點去排隊吧——GO～GO～GO～!!」

推著我們的背脊衝往排隊隊伍最末端，此刻暖暖陽開朗的話聲，成為眾人之中唯一的聲響。

當排隊時間來到四十分鐘後，天色不斷變得更加昏暗，終於連夕陽都消失於地平線的彼端。

這時，終於輪到我們進入小型遊樂場了。

在工作人員的引導下，進入遊樂場後，我們面對的是更加擁擠的環境。

在並不寬敞的空間裡，人類像辛勤的螞蟻那樣四處鑽動徘徊，只是原本應該做為目標的食物，現在變成了各式遊樂機。

而像夾娃娃機之類的熱門設施，幾乎每一臺都大排長龍。

「嗚哇，果然在這裡也要排隊嗎？」

「按常理來推論，這不是理所當然嗎？」

凜凜夜用不耐煩的語氣回答暖暖陽。

然後，她順勢發問。

「那麼，色情脂肪怪，妳說的那臺有助於逃獄的『幽靈大頭貼機』在哪裡？」

被這樣一問，暖暖陽拿出手機來查詢。

「那個……按推特上的說明，大頭貼機的區域，應該是在遊樂場的東北角……有不倒翁竹簾做為入口的那邊就是了。」

我們馬上看向遊樂場的東北角。

可是，那邊的排隊人潮、甚至比夾娃娃機區更誇張，還沒靠近就能感受到擁擠的人群熱氣。

「呿，好一群妨礙本小姐前進的雜魚……」

焦躁地咬著大拇指指甲，凜凜夜提出建議。

「不如這樣吧，讓橡皮筋武士用竹劍在前面開路？就像農夫用鐮刀割下稻草那種感覺，對武士來說，這應該很輕鬆吧。」

這個建議好爛，會引來警察關注的！

果然，極富正義感的不知火馬上搖頭。

「砍殺手無寸鐵的平民，非武士所為，在下絕不會做出這種過分的事。」

「嘿欸——那樣不好吧？不知火同學連家具都能砍壞耶！絕對會出事哦？」

連暖暖陽也搖頭否決。

被連續否決之後，凜凜夜氣得跺腳。

「本小姐只是在開玩笑啦！玩笑！你們真的很沒幽默感耶！」

話說，剛剛提到了幽默感？

在這時候，身為笑話大師的我，只好實話實說。

「沒辦法，因為妳的玩笑不好笑啊。」

「——二藏你這種只會說出『二十凜凜夜』、『鍋燒意麵』之類帶著腐爛臭味笑話的傢伙，才沒有資格這樣嫌棄本小姐！」

不知道從哪裡掏出了報紙摺扇，氣得頭頂快要冒煙的凜凜夜，朝我的頭頂用力打下。

當我們好不容易進入大頭貼機區域後，又排了至少三十分鐘的隊伍，才終於輪到我們使用「幽靈大頭貼機」。

掀開用來隔絕光線的黑色厚布，我們四人一起鑽進了正方形的拍照區域。

在黑暗的空間裡，唯一光源只有來自觸控螢幕上的亮光。操控觸控螢幕似乎可以選擇特效範圍，以及幽靈的種類。

順帶一提，這裡可以選擇的全部都是卡通類型的Q版幽靈，能夠透過後製效果進行合成——最後的成品，就是人們頭上飄著Q版幽靈的照片。

少女們的臉蛋被螢幕的光給照亮，紛紛探頭去看螢幕上的Q版幽靈示意圖。

暖暖陽的手指不斷在觸控螢幕上移動，切換可以選擇的幽靈欄位。

「哇，好多種類可以選哦，妳們喜歡哪一種幽靈，俏皮一點的還是可愛一點的？」

「……手中持劍的那種。」

「咦……可、可是好像沒有持劍的幽靈耶，我找找哦……」

不知火的要求，讓暖暖陽有些遲疑。

大概，身為提議這次活動的領路者，假如目標物無法徹底滿足眾人好奇心的

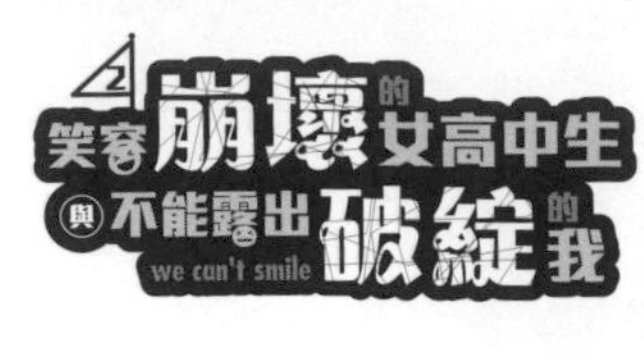

話，會讓她感到顏面無光吧。

最後，暖暖陽找到一隻手中拿著竹子的小幽靈，勉強做為替代。

於是，透過拍照預覽圖，大家看見竹子小幽靈飄在不知火的頭頂，其實挺適合她的。

「……這個是!!竹子幽靈居然比想像中還要契合在下，不愧是暖暖陽閣下，擁有超乎常人的挑選美感！」

「哼哼……沒錯吧沒錯吧，可以再多稱讚一點哦，這種事交給專家就對了！」

受到誇獎的暖暖陽，露出陶醉的表情，得意地高高仰起鼻子。

再來輪到凜凜夜。

「——聽好了，幫本小姐挑選一隻與我長得同樣漂亮、能一眼看出是人上人的幽靈，就特別允許它飄在我頭上吧。」

「哦……哦哦！知道了，交給人家吧!!」

暖暖陽輕拍胸部進行保證，然後進入認真模式，手指連點飛速切換幽靈欄位。

然後，十秒鐘的時間過去。

「——這隻鐘樓怪人造型的幽靈是什麼意思？妳這女人刻意找碴是吧!?」

指著螢幕上、頭頂插著菜刀的鐘樓怪人幽靈，凜凜夜狠狠盯著暖暖陽不放，太陽穴附近爆起無數青筋。

「按錯了！人家按錯了啦！」

暖暖陽發出心虛的大叫聲。

「少裝蒜了，鐘樓怪人隔壁的選項，不是只有水泥怪幽靈跟河童幽靈嗎，妳倒是說說本來想選哪一個啊？」

「那、那個……」

「不用解釋了！既然想拚個你死我活的話，那本小姐也不客氣了，我點我點——很好，最適合代表色情脂肪怪妳的幽靈，毫無疑問就是這一隻了！」

凜凜夜幫暖暖陽選的是臭臭泥幽靈。

望著臭臭泥幽靈飄在拍照預覽圖上，暖暖陽露出不敢置信的表情。

「為什麼人家是臭臭泥幽靈啦!!」

「那妳倒是先解釋解釋為什麼本小姐是鐘樓怪人啊？」

「咕唧嘰哩呱啦咕唧……——!!」

「咕唧嘰哩呱啦咕唧嘰哩呱啦呱啦……——!!」

啊，又吵起來了。她們兩人的爭執吵鬧聲，逐漸在我耳中變成無意義的聲響。

由於大頭貼機器內的空間並不寬廣，如果想將四個人都拍入畫面中的話，眾人勢必得貼近彼此。

於是，在一陣你推我擠的吵鬧聲中，我不知不覺被推到了最前面，採取半蹲的姿勢拍照。

最後拍照的陣型是這樣子的——凜凜夜站在後方，暖暖陽站在左邊，而不知火站在右邊，我本人則是半蹲在中央的位置。

因為想要爭取完美拍照的鏡頭，眾人擠在一起的樣子顯得有些滑稽。

「好擠！超擠的！色情脂肪怪，就交給妳按下快門了，這種小事就算是妳也可以做到吧……啊，好痛！誰踩到我的腳？」

被踩到腳的凜凜夜，忍不住發聲催促。

「真是令人苦惱的擁擠啊……不過精神上的鍛鍊，或許也可以視為劍道修行的一環吧。」

而不知火則是淡淡評語。

場面極為混亂。

被夾在暖暖陽與不知火中間，因為我處於半蹲姿勢的關係，臉頰剛好被她們的胸部一左一右緊緊貼著。

……好大。

但專注於拍照預覽畫面的暖暖陽與不知火，或許並沒有發覺這個動作有些曖昧。

於是，由暖暖陽進行拍照倒數，然後按下快門。

「——要拍了喔~~~~~~!!一、二、三，茄子——!!」

喀嚓一聲，隨著黑暗的空間瞬間被照亮，大頭貼的拍攝就此宣告完成。

……

「好耶！快來看看大頭貼拍得怎麼樣！」

取得即刻印刷的特效大頭貼後，為了回到光亮的地方查看，三名少女與匆匆地離開大頭貼機，而身後排隊的人群也馬上進入其內。

三名少女走到燈光下，然後將頭湊在一起仔細檢視大頭貼。

大頭貼內，只有暖暖陽一個人露出燦爛的笑臉，凜凜夜不知為何看起來有點不悅，而不知火則是有點臉紅。

「為什麼只有人家一個人在笑啊？」

「因為只有妳能喬裝出那種可惡的笑臉啦！」

簡單回答暖暖陽的疑問，凜凜夜偏過頭去，哼了一聲。

接著，暖暖陽又繼續追問。

「——那麼，怎麼樣怎麼樣？人家的快門取景技術不錯吧！」

「哼，依本小姐的眼光來看，也就一般般吧，我不怎麼感興趣。」

可是站在後方的我，卻看見凜凜夜書包的吊帶上，已經貼上剛剛拍攝的大頭貼。

「……大概，入俗世修行，也是修心的一環吧。如此一來，在下才能斬出沒有雜念的劍。」

不知火將大頭貼收入錢包內，如此發出評語。

最後，暖暖陽將手背在背後，半轉過身，歪頭看向我。

「那二藏同學你呢，怎麼樣怎麼樣？拍完大頭貼有什麼感想？」

「……好大。」

「哈啊？什麼？」

暖暖陽不解地蹙起眉頭。

糟糕，一不小心恍神，將內心的雜念脫口而出了。

「不不不，沒什麼，我是說那個……呃……照片很不錯？」

「嗯哼？」

暖暖陽依舊困惑地微微歪頭。

但凜凜夜與不知火則同時露出不悅的表情。

「……簡直是發情猩猩！」

「二藏閣下，你這種不知廉恥的行為，只差一步，就將成為在下必須斬除的『惡』！」

我只能搖頭苦笑。

一邊苦笑，我與三名少女緩步離開小型遊樂場。

大概，想以這麼別開生面的形式來逃離「笑容牢獄」，我們是史上第一人吧。

離開小型遊樂場後，我們四人站在人行道上大口呼吸新鮮空氣。

這時候天色已經徹底暗沉，月亮開始初現半空。用來照明城市的光源，也徹底轉換為橘黃的路燈。

由於回家必須各自走向不同方向，於是我們在最後道別。

不知火先開口發話。

「……那麼，諸位閣下，明日社團教室再見。」

「嗯！拜拜——」

暖暖陽笑著朝眾人逐一揮手掌道別。

不知火也向暖暖陽回以揮手。

唯獨凜凜夜移開視線，雙臂緊抱胸前。

「呿，別用這麼熟稔的語氣向本小姐道別，這樣聽起來豈不是就像『朋友』一樣嗎！別忘了，我們只是共犯關係，本小姐可沒有與你們打好關係的想法。」

「哼嗯～～是這樣啊？」

暖暖陽掩住嘴，半瞇起眼露出竊笑。

「可是人家看見，妳的書包吊帶上，已經貼上剛剛的大頭貼了哦？」

凜凜夜在瞬間變得滿臉通紅。

她不由自主地握緊僵硬的拳頭，並且提高音量。

「吵、吵死了!!那只是本小姐不想浪費拍大頭貼的錢，想要物盡其用而已!!別擅自誤會了!!」

但是，暖暖陽卻在這時候仰起下巴，露出很驕傲的竊笑表情，還連連點頭。

「哦～～原來是這樣啊、是這樣啊，人家知道了。」

「嗚……嗚啊——!!」

凜凜夜臉色漲紅到極限，像是終於承受不住壓力那樣，拎起書包就「躂躂躂躂」地快步逃離現場。

望著凜凜夜逃離的身影，暖暖陽得意洋洋地向我們比出「ＹＡ」的手勢。

「耶嘿——!!七花暖暖陽大勝利!!」

這傢伙只是想看凜凜夜崩潰的樣子吧。

但暖暖陽比出「ＹＡ」的手勢的時候，也一併閉起了單眼，那模樣看起來真的很可愛。

「……那麼，失禮了，在下告退。」

在臨走前又旁觀一場鬧劇，不知火無言片刻，然後背著劍道包逐步遠去，身影很快融入夜晚的街道光影中。

在暖暖陽也回家之前，她突然想起什麼，就那樣半回過頭，側著臉蛋看向我。

依然穿著高中生制服與裙子的她，那回眸的身影，有種奇異的青春魅力。

「話說回來，二藏同學，你剛剛那一句『好大』到底是什麼意思？」

「嗚哇嗚哇!!」

問題如同沉重的大錘，狠狠敲擊著我的心臟，我頓時感到狼狽不堪，最後只能轉身逃離現場。

——既然是辣妹類型的現充，就不要在這種時候特別遲鈍啦!!

藉著人潮的遮蔽，我只跨出十幾步，就順利逃離暖暖陽的逼問。

鬆了一口氣後，我放緩腳步，往家裡的方向慢慢走去。

「幸好今天不用打工，否則花這麼多時間拍大頭貼，一旦遲到的話，恐怕會被扣掉全勤獎勵吧……」

我不禁慶幸自己的好運氣。

再加上剛剛去拍大頭貼機的遊樂行為，讓我的內心隨之放鬆，因此神經變得有些鬆懈。

但是，就在等紅綠燈的時候，忽然之間——

——忽然之間，我的後背變得僵硬。

「——!?」

就像是被毒蛇盯上的青蛙那樣，有一瞬間，我甚至全身都無法動彈。

起初，我完全不明白原因。

再仔細感受，我隨即明白是多年習練劍道培養出的「武者本能」，此刻正在瘋狂示警。

就算沒有回頭，我也猜測到真相。

……示警的危險根源，來自後方。

後方，此時正有一道可怕的目光，正緊盯著我的後背——彷彿想用眼神腐蝕我的身軀那樣，那目光怨恨的程度，如同蛇之毒液。

「是誰？」

為了不讓對方有逃離的餘裕，在猛然之間，我掙脫僵硬的身軀，迅速回過頭去。

路邊的電線杆。

停放在人行道上的腳踏車。

提著公事包西裝筆挺的上班族。

彼此拋丟書包玩耍的中學生。

中年婦人推車的嬰兒車。

馬路上川流不息的無數車輛。

「……!!」

電線杆……腳踏車……上班族……中學生……嬰兒車……無數車輛……在雜亂紛擾的街道上，我的目光穿越兩條馬路，避開無數障礙——然後在大約兩百公尺外的行道樹下，在那路燈幾乎照射不到的陰影處，看見了「那個人」。

那個人，擁有滑順的類咖啡色長髮，穿著白色襯衫搭配未扣的西裝外套，以及OL套裙。

因為將白色襯衫幾乎撐裂的胸部太過顯眼，她給人的第一印象，無疑是身材火辣的美女——而這個人，毫無疑問是……

十宮亂鳳。

盯著我看的視線來源，來自十宮亂鳳。

藏身於無盡的陰影中，此時的十宮亂鳳，讓凹凸有致的完美身軀輕靠著樹幹——並且，她正用那一對眼角略微下勾的桃花眼凝視著我，露出極為溫柔的笑容。

發覺我的目光投去，十宮亂鳳對我輕輕揮手打招呼，然後臉上的笑容更深了。

她臉上明明充滿笑容，但那一對漂亮的雙眸的深處，依舊沒有蘊含絲毫笑意。

發現目標對象是十宮亂鳳的瞬間，我先是困惑，不解……然後「懷疑自身直覺」的錯愕感，隨著時間經過而不斷滋生壯大。

因為——雖然此刻十宮亂鳳的眼神不帶真正的笑意，但先前感受到的，那種彷彿融入骨髓般的滔天仇恨，並不像眼前的美女教師所發出。

因為，十宮亂鳳畢竟還是在笑。

而且笑得很溫柔。

再來，她也沒有理由對今天黃昏才第一次見面的我，投以那種足以刻骨蝕心的仇恨。

雖然隔著兩百公尺的距離，距離遙遠，我無法精確判斷十宮亂鳳此時的心意，但今天黃昏時，我與她才在保健室第一次會面。

至少，今天黃昏首次會面時，十宮亂鳳對我並沒有抱持仇恨的情感，頂多只有戲耍誘惑、那種獨屬於「魔女」的惡趣味。

也就是說……

……是我誤判了嗎？

或許是因為平常太過忙碌，疲勞不斷累積，導致直覺出錯了也說不定。

「啊，話說回來，我沒有對老師揮手回禮，這樣不是顯得很沒禮貌嗎？」

後知後覺地驚覺這件事後，我有些慌張地揮手還禮。

眼中映入我慌亂的動作後，十宮亂鳳舔了舔嘴脣。

她嘴角翹起，像黃昏時初次見面那樣，露出那種戲耍年輕男生得逞的妖媚表情。

最終，她在陰影中對我留下一抹微笑，才慢慢轉過身，背影逐漸消失於夜色之中。

第六章　小詩音大進擊

當我抵達家門口時，月亮已經高懸半空，皎潔的銀輝灑落大地，讓黑暗之處也能亮起微光。

今天發生很多事情，已經相當疲倦。

但是當我拉開家門時，屋內立刻傳來詩音有精神的聲音。

「啊——!!哥哥大人，歡迎回來!!」

「我回來了。」

這樣的兄妹問答、已經重複過數百次之多，但一想到原本漆黑冷清的家中，現在有人點起燈光等我回去，內心就逐漸漾起暖意。

詩音小跑步到玄關處，接過我手裡的書包。

盯——

因為體型嬌小的關係，詩音用由下往上的仰視目光盯著我看。

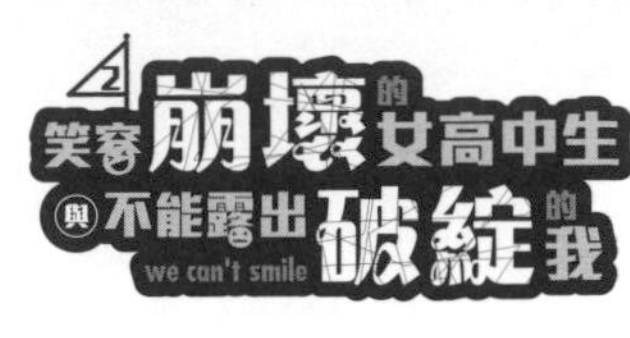

然後，詩音對我拋出一點都沒有誘惑力的媚眼。

「——那麼☆☆，已經辛苦一天的哥哥大人，要先吃飯、先洗澡，還是先．吃……」

「先洗澡。」

我打斷妹妹的話。

詩音馬上噘起嘴脣，露出不滿的表情。

「欸——!?哥哥大人真無情，就不能有一次先選第三個選項嗎！」

「別說傻話了，如果功課寫完的話就早點去睡覺，不然妳會一直當只能仰視大人的矮冬瓜。」

「……哥哥大人，請不要用那種把詩音當成小孩子的口氣說話!!詩音已經不是小孩子了，會幫哥哥送報紙，幫哥哥做家事，甚至已經開始擔心哥哥未來找不到結婚對象的事——」

「是，那我先去洗澡了。」

我先將身上的雜物以及制服外套脫下，放在矮桌上，然後走進浴室準備洗澡。

在我走向浴室的過程中，身後卻傳來詩音不滿的抱怨聲。

「狡猾、哥哥大人狡猾死了，總是用那種哄小學生的溫柔語氣對詩音說話，明明詩音已經說過自己不是小孩子了還是這樣——!!給我等著吧，詩音有一天會證明自己在各方面的成熟，讓哥哥大人刮目相看——」

就算妳再怎麼自認為成熟，肉體年齡畢竟也只有九歲。只有九歲就算了，身高還矮到連我胸口的位置都不到。不光如此，髮型還是小學生不能到小學生的長雙馬尾。所以，我很難把詩音看成她口中自稱的「成熟的大人」。

浴室內霧氣蒸騰。

在我走進浴室之前，浴缸內的水就已經放滿了。大概這是詩音已經泡過的洗澡水，但家人用同樣的浴缸水泡澡是很正常的事，我已經習以為常。先洗淨身體後，我將身軀浸入浴缸內溫熱的水中，水溫逐漸沁入酸痛的肌肉深處，同時也治癒著內心。

……果然泡澡是最棒的，是必須推廣為全民運動的優秀習慣。

這時候，詩音忽然從客廳朝浴室吶喊。

「～～～哥哥大人，水溫怎麼樣？」

「很棒。」

「～～～需要詩音幫哥哥大人洗背嗎？」

「不要。」

我的回喊聲極為迅速。

或許是因為太過迅速了，詩音像是感到驚訝那樣，沉默了好幾秒才再次說話。

「……居然用那麼狠心的速度拒絕詩音，哥哥大人為什麼始終不能誠實地面對自己呢？」

「我已經面對了，所以說不要。」

「少裝蒜了！哥哥大人明明是那種會『咕嘟咕嘟』貪婪地喝掉妹妹用過的洗澡水的妹控哥哥！」

不要用那種指責的語氣說話啦，好像我真的做了一樣。

但還是必須辯解。

「我才沒有喝！」

「一定有喝，因為每次哥哥大人洗完澡，浴缸內的水位就會下降！」

「有人洗完澡，浴缸的水位會下降不是很正常嗎！」

雖然洗澡水很棒，但是與妹妹的交談讓我感到有點疲憊。

……總覺得詩音的個性，有逐漸往奇怪的方向發展的趨勢，甚至漸漸讓我難以理解。

直到去年為止，詩音明明都還是個文靜可愛的妹妹，這究竟是為什麼呢？

洗完澡之後，擦乾身軀，然後用吹風機吹乾頭髮。

穿上寬鬆的居家服後，我走出浴室。

接著，我準備吃晚飯。

就像事先放好洗澡水那樣，按照常理推斷，詩音應該有替我預留晚餐。

但是，當我走到廚房、掀開用來保潔的圓籠型餐蓋時，卻發現餐蓋下空無一物。

咦？晚餐呢？

難道詩音忘記煮了……可是，她在剛剛我進門時，明明有詢問我要不要先用餐。

於是，內心懷抱著疑惑，我走回客廳。

此時詩音雙腳併攏，採取正坐的姿勢坐在矮桌面前。從我的角度，只能望見她嬌小的背影。

「詩音，晚餐呢？」

她明明聽見了我的話，卻沒有回過頭，只是陷入沉默中。

我繞到詩音對面，也在矮桌前坐下。

這時候，詩音才略微抬頭，用彷彿快要燃燒起來那樣的灼熱目光，盯著我不放。

「……原本有很豐盛的晚餐，因為詩音知道哥哥大人今天不用打工，所以在有限的預算內，做了很多哥哥大人喜歡吃的食物——然後像寂寞的幼貓那樣、不斷望著門口等待哥哥大人回歸家中。」

「原本有？」

我更加納悶。

詩音的眼神更顯熾熱。

「可是，現在沒有了，連一粒白飯都不剩了。」

「啊？為什麼？」

慢慢低下頭，詩音用力咬緊牙齒。

然後她擠出像是在拚命抑制情緒波動的話語。

「……哥哥大人，您對自己今天做了什麼，難道心裡沒有答案嗎？」

「我做了什麼？有嗎？」

我從來沒有看過詩音這麼激動。

……不會是因為剛剛洗澡的事情吧，詩音應該沒有這麼小氣。

於是，我摸著下巴，又望向天花板仔細思考，越想越是納悶。

等到不耐煩的詩音，終於用力一拍矮桌。

然後她指向我剛剛放在矮桌上的雜物，一字一頓地拋出沉重的提問。

「哥・哥・大・人——請看，這是什麼？」

我順著詩音手指的方向看去。

然後看見了傍晚與笑容社成員一起拍的「幽靈大頭貼」。

剛剛因為順手的關係，就與錢包、鑰匙等雜物一起放在桌上。

在看見大頭貼的這一瞬間，聯想到剛剛詩音不滿的情緒，我內心逐漸將線索加以組合，並拼成一個合適的答案。

——哦，果然是小孩子啊，詩音肯定是想玩大頭貼機吧，對於我一個人玩耍感到不滿。

——下次放假時帶她一起去吧。

尖端出版
www.spp.com.tw

答案已經完美就緒。

於是，就像試卷上一切答案都瞭如指掌的學霸那樣，我露出胸有成竹的笑容。

然後，懷抱無比自信的笑容，我做出解答。

「是大頭貼。」

詩音的額際浮現一根青筋。

她再次開口詢問時，甚至已經控制不了內心的情緒，導致話聲在微微發抖。

「哥、哥哥大人……詩音也看得出來這是大頭貼哦？請您給予詩音詳細的解釋。」

——原來如此原來如此，詩音就這麼想玩大頭貼機呀。

在內心暗暗點頭的同時，綜合網路上與暖暖陽給予的情報，我將已知的大頭貼機情報道出。

「這是我們學校附近一間小型遊樂場裡面的設施，在推特上似乎很有名氣，而且很多……」

「——詩音要的才不是這種解釋!!這種小事怎麼樣都無所謂吧!!」

詩音打斷我的話，緊握住小小的拳頭，霍地站起。

「哥哥大人，您究竟要愚弄詩音到什麼地步才甘心！請坦白說出真相吧！」

她好像真的生氣了。

「什麼真相？這是幽靈大頭貼機沒——」

我的解釋，甚至還沒說完。

這一次，怒火上湧的詩音，將音量提高到近乎喊聲的地步。

「──詩音才不管這是幽靈大頭貼機還是鬼怪大頭貼機呢──!!哥哥大人，詩音就直說了──與哥哥大人合照的這些野女人到底是誰!?」

用指尖準確地指出了大頭貼上的凜凜夜、暖暖陽以及不知火這三人，詩音稚嫩的臉孔充斥不滿。

即使詩音指出了大頭貼上的三名少女，我還是不知道詩音動怒的緣由。

無奈之下，我只好先解釋基本情況。

「啊，我還沒對妳說過這件事嗎？最近我在學校參加了一個社團，這些人是與我同一個社團的成員哦。」

「同一個社團的成員？哥哥大人指的是這些把胸部貼到哥哥大人臉上的野女人嗎!?哥哥大人，您聽好了，這些女人肯定是騙子，而且還是超級大騙子！就像想誘拐獨居的鄉下老人交出存款的騙子那樣，是看上了哥哥大人那已經所剩無幾的財產！」

詩音的怒火越發高漲，但她僅憑印象就判斷凜凜夜等三人是騙子的行為，不知道為什麼讓我覺得有點好笑。

所以我憋笑提出反問。

「那妳說說看，妳為什麼覺得她們三個是騙子？」

「哥哥大人，請原諒詩音的無禮，但這三個野女人即使是詩音也不得不承認，她們長得很漂亮。」

「呃……大概吧，但是這跟騙子有什麼關係？」

「當然有關係了！謹慎一世的哥哥大人怎麼忽然糊塗了呢？如果不是覬覦哥哥那所剩無幾的財產，這些美少女是不可能接近長相平凡無奇、說話無聊又不懂情趣的哥哥大人的！」

喂，妳太失禮了喔，什麼長相平凡無奇、說話無聊又不懂情趣！還有不要一直重複強調「所剩無幾的財產」啦！

但我還是耐著性子對詩音解釋。

「詩音，我跟妳說，這些人不是騙子。雖然她們是女孩子，但真的就只是同一間社團的社員而已。」

但詩音的反應卻更加抗拒。

「不，這個世界上沒有人比詩音更瞭解哥哥大人——!!哥哥大人就算上了高中，也絕對還是女性絕緣體，是那種除了拿錢給福利社的歐巴桑之外就不會與女性產生任何近距離接觸的單身可憐蟲哦？是那種必須眼巴巴地等待詩音成年才能找到結婚對象的可憐蟲哦？所以這些用胸部拚命往哥哥大人臉上蹭的傢伙，除了是騙子沒有第二種可能性！」

一口氣說完長篇大論後，詩音停下呼呼喘氣。

不過，誰是可憐蟲啊！

只是，被年幼的義妹這樣形容，我就算想生氣，似乎也生氣不起來。

或許是某種小孩子的偏執吧，才會導致詩音緊抓這件事不放。

之後，我一邊吃著詩音重新端出的晚餐，一邊制訂明天的學習計畫。

而換上睡衣準備睡覺的詩音，在經過客廳時向這邊探頭。

「哥哥大人，詩音現在已經變得很勇敢了，不用害怕那些騙子，詩音會拯救你的。」

「是。」

……還在說剛剛那件事啊。

並沒有太過重視詩音的話語，這時的我只是順口回答。

但是，隔天我馬上就後悔了。

因為在我放學的時候，背著小學生書包的詩音出現在我的教室門口。

雖然P小學是P高中的附屬小學，彼此之間距離本來就很近，但這動作也太迅速了吧！下課鈴聲才剛剛響起而已，詩音的雙馬尾就在教室窗口開始晃動。

因為小學生在高校內看起來很顯眼，所以我趕緊把詩音帶到偏僻的角落。

在通往頂樓的樓梯口，我們兩人站定後，詩音將雙手擺成貓爪的樣子，用很認

真的表情盯著我看。

「哥哥大人、如果您露出那種『嗚哇——』的可怕表情，一副著急想帶走詩音的樣子，會變得更顯眼的哦？」

「為什麼剛剛不早說!!」

我的眼神本來就很孤僻，在游泳課時又被看見身上看起來很凶惡的傷疤，所以在班上完全沒有朋友。

不過大概從明天開始，我在班上會開始傳出「那個眼神孤僻又有傷疤的傢伙居然連小女孩都會誘拐耶、好恐怖！」這種奇怪的傳聞吧。

詩音又用那種由下往上的小孩子角度視線看向我，接著輕輕抓住我的衣服下襬，露出堅定的表情。

「……不過沒關係，就算哥哥大人的名聲再怎麼難聽，詩音也不會拋棄哥哥大人的。」

「重點根本不在這裡好吧！既然擔心我的名聲，從一開始就不要接近啊——!!」

我對詩音簡直沒轍。

這孩子以前明明很乖巧的，怎麼最近漸漸變得頑皮起來了呢？啊啊……大概，這就是察覺「小孩進入青春叛逆期」的父母的心情吧。

我又詢問詩音。

「所以，妳來我們學校究竟有什麼打算？」

聞言，詩音雙手扠腰，擺出自信的表情。

「詩音昨天已經說過，自己會從那些野女人的手上拯救哥哥大人！哥哥大人絕對是被騙了！」

「所以說，我已經強調過很多次了，她們不是騙子啦……」

我解釋的話聲，逐漸變得有氣無力。

「不，如果那些女人不是騙子，她們怎麼可能會接近哥哥大人這種孤僻的男人呢？就像外面包著汙穢稻草的奇怪寶石一樣，哥哥大人的優秀只有詩音能瞭解！」

「我說妳啊……」

外面包著汙穢稻草的奇怪寶石？

有時候，我其實搞不清楚詩音到底是尊敬我還是蔑視我。

詩音繼續說下去。

「——所以，詩音要去哥哥大人的社團一趟，戳破那些野女人不實的謊言!!」

語畢，詩音露出躍躍欲試的神情。

事情變得麻煩起來了啊……該怎麼辦呢？讓詩音面對社團裡那三個隨時可能會化身為混沌怪人狀態的傢伙，老實說，我有點不放心。

我看著詩音態度堅決的樣子，慢慢陷入沉思。

……按常理來說，詩音既然已經展現出「前往高校拯救哥哥」這種行動力，那想要勸阻她的可能性顯然很小。

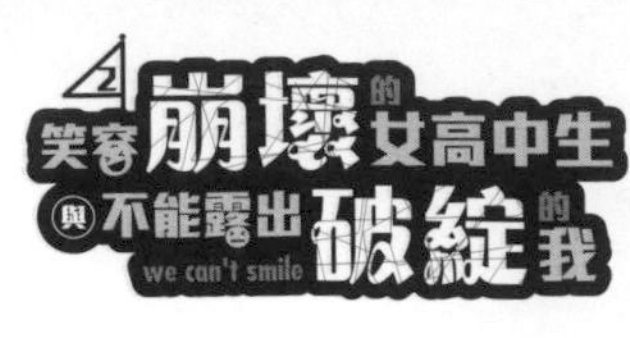

畢竟我之前也一再解釋過了，但詩音完全聽不進去。

到底該怎麼辦呢……

於是，我一邊沿著樓梯口來回踱步，然後進行對策思考。

「對了！」

某種靈感突然乍現，我不禁用拳頭輕輕一敲掌心。

話說回來，我在煩惱什麼呢？

詩音畢竟也才九歲而已。

也就是說，就算她努力想表現成熟的樣子，實際上也就是年齡差點不到我一半的小學蘿莉而已。

面對這樣子的對象，比起艱深的大道理，淺顯易懂的勸誘方式……無疑更容易奏效。

我越想越有道理，於是蹲下身軀，讓自己的視線與詩音齊高。

然後，我在臉上堆起滿滿的笑容。

「……嗚哇，哥哥大人的笑臉好可怕！超像鬼臉的！」

「呃。」

先忽略笑臉的事情好了。

「那個……詩音？其實呢，在我們社團中，有『天邪鬼』的存在。」

「天、天邪鬼？」

詩音瞬間瞪大雙眼。

在某些傳說中，天邪鬼又被稱為天逆每，是傳說中有名的惡神，會附在人類的身上，透過人們對它的恐懼而增加力量——最大的特性，就是不能忍受別人所說的話逆反它。

「沒錯，就是那個傳說中會張牙舞爪的惡神天邪鬼喔!!」

我豎起食指，再次強調天邪鬼的恐怖。

這樣被嚇唬的話，不管再怎麼勇敢的小孩子，想必都會萌生退意吧。

可是。

「既、既然是這樣的話，那詩音更要去了！怎麼可以讓哥哥大人獨自面對天邪鬼呢！」

「等等，天邪鬼是很恐怖的喔？超恐怖的！所以妳再仔細考慮看看吧。」

「——詩音還是想去。」

「天邪鬼的臉比我的笑容還可怕喔？」

「——詩音想去!!」

詩音其實並不是不怕天邪鬼。

此時的詩音，緊抓我的制服下襬不放，因為害怕鬼怪而全身微微顫抖。

但她並沒有因此讓決心動搖，更因如此才更顯出那份勇氣的可貴。

「是哥哥小看了妳啊……」

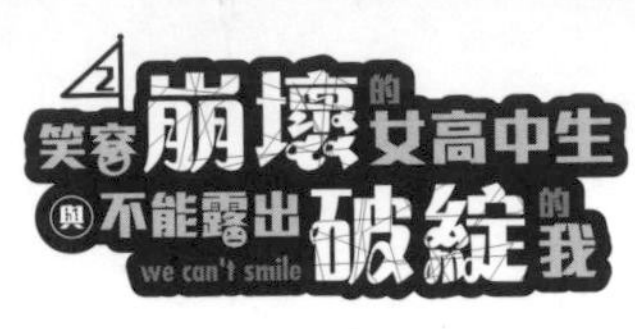

最終，我望著詩音。

以此刻複雜的心情，我再也說不出勸阻的話。

因為詩音緊黏著我不放，所以我只好帶她到社團教室。

「啊，有門牌了。」

雖然社團顧問還沒有著落，但「笑容社」的門牌，倒是已經被高掛在教室的入口。

那門牌是用很漂亮的手工書法寫上，字體端正而又不失力道，顯然書寫者在這方面有很深的造詣。

詩音抬頭盯著門牌，表情凝重地喃喃自語。

「原來如此……將文字化為看守大門的詛咒啊，不愧是天邪鬼……」

「呃……哈哈……」

聞言，我只能乾笑。

「哥哥大人，天邪鬼是會『附身在人類身上』的惡神沒錯吧？野女人有三位，它究竟附身在誰身上？」

「呃哈哈哈哈……」

面對詩音認真的表情，我只能再次乾笑帶過。

身為哥哥，到了這個地步，無論如何都說不出「鏘鏘——其實沒有天邪鬼、都是騙妳的哦！」這種話啊……

但詩音卻將我的乾笑聲自顧自地解讀、並且化為越來越扭曲的理解。

「……原來如此，連哥哥大人也還沒判斷出『附身對象』嗎？居然能完美潛藏在人類社會……看來即使是鬼怪，也領略了現代的生存之道呢。」

「呃哈哈哈哈哈哈哈——」

我已經快笑不出來了。

但為了維持哥哥的尊嚴，我只好含糊帶過話題。

「先、先別提這件事了，我們趕緊進去教室裡面吧？」

「好的！至於識破天邪鬼真身的任務，就儘管交給詩音吧！」

詩音幹勁滿滿地握緊小拳頭。

……不過，這個就不用了。

因為剛剛與詩音交談花費不少時間，社團內其餘成員大概已經到齊了吧。

「喀啦」一聲，我拉開大門。

暖暖陽與凜凜夜坐在沙發上，正在專注研究桌上某種撲克牌形狀的卡牌。

而不知火坐在教室後方，她是第一個轉頭望來的人。

「哦，二藏閣下，你來得正好，暖暖陽閣下正提議今天要……」

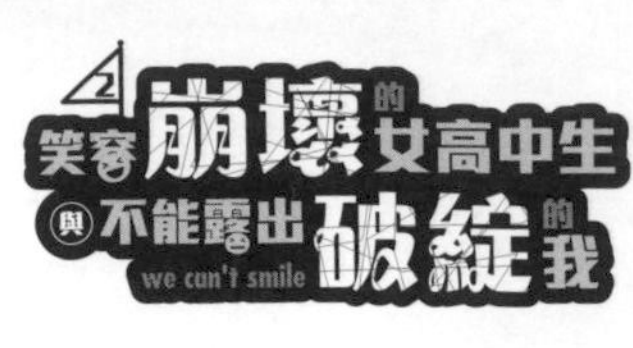

說到這裡，不知火的話聲就像被拔掉電源的留聲機那樣，話聲戛然中斷。

然後，不知火的視線逐漸傾斜下移，最後停留在詩音的臉上。

「……原來如此，二藏閣下，你終於露出真面目了嗎？」

像是擅自理解了什麼，不知火的表情變得無比凝重。

接著，她慢慢伸手探向靠在牆壁旁邊的劍道包。

「……看來在下忍辱負重，不惜捨棄顏面，也要潛入『笑容社』這個是非之地，絕非妄行無用之功。」

「啊？」

在我的疑惑聲中，不知火已經掏出竹劍，起身雙手高舉，擺出上段劍的堂堂架式。

「——做好覺悟吧，二藏閣下!!誘拐無辜的小學女生，毫無疑問——汝即為不可饒恕之『惡』!!而在下的人生格言，毫無疑問就是『惡即斬』！」

「等等、等等等等！別誤會！」

我可不想用身體再體會一次不知火綾乃那恐怖的斬擊。

於是，我雙手左右亂搖，在劍氣斬來之前急忙做出解釋。

「——別誤會，這女孩是我的妹妹啦！」

「妹妹？」

不知火有些錯愕，但她顯然還是半信半疑。因為她手中高高舉起的上段劍架式，依然沒有半分鬆懈。

……其實這是很難解釋清楚的場面。

如果是一般人的話，碰到這種場面，遭受那足以破開沙發的劍氣威脅，恐怕會被嚇得六神無主吧。

但是，以我二藏豐富的人生閱歷，只要給予足夠的言語溝通時間，要解決這種誤會，不過是舉手之勞。

畢竟，二藏這個名號拆開來看，就是「二天一流・宮本武藏」，既然身負此一名號，我可不能在這種小地方折戟沉沙。

於是，我拍拍詩音的肩膀，做出最好的應對方式。

「來，詩音，跟大姊姊打聲招呼——」

沒錯，由小學生本人親口解釋的話，即使是天大的誤會也能迎刃而解。

「哼哼……」

當然，我表面上看起來依舊面無表情。

但是，此時佩服自身急智的我，忍不住在心中得意大笑。

哼哈哈哈哈哈哈～～～

於是，我的妙計開始實行。

躲在我身後的詩音，此時探出頭來。

「……您好，我是詩音。」

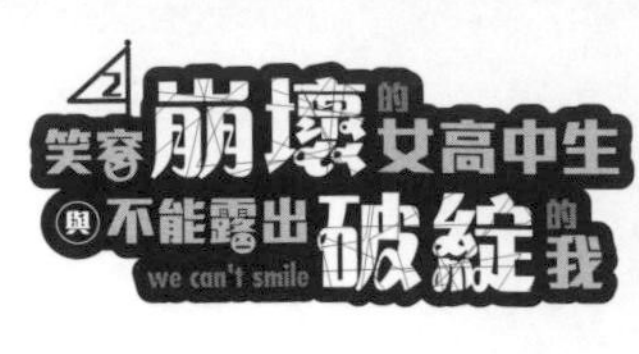

為了探明真相，不知火往前邁出幾步，然後她略微彎下腰，朝詩音露出和藹可親的表情。

「原來是詩音妹妹呀，來，告訴大姊姊，妳與這位大哥哥是什麼關係？」

面對不知火的提問，詩音的回答毫不猶豫。

「是夫妻之間的關係，因為詩音早就已經與哥哥大人約定好了，長大後要嫁給哥哥大人。」

「——『不知火流奧義．鳳翼天鳴斬』!!」

「嗚啊!!危險!!」

我緊急後仰。

由下而上掠來的斬擊，險之又險地從我的鼻尖擦過。那斬擊之銳利，甚至砍下了額前的幾絲瀏海。

面對這樣的險境，我忍不住扯開嗓子怒喊。

「妳想殺了我嗎!!」

「——對於閣下這種人渣，在下沒有手下留情的必要!!放心吧，在下的斬擊將會精準地取走你的性命，不會傷到詩音妹妹分毫。」

但是，不知火卻臉色鐵青地喊了回來，聲量甚至比我更大。

我又喊了回去。

「剛剛就已經解釋她是我妹妹了吧!?妳是記憶只有七秒鐘的金魚嗎！」

「妹、妹妹!?與妹妹結婚不是更可怕的敗類嗎？二藏閣下，是在下看錯你了！」

「少胡說八道了，事情才不是妳想的那樣！」

「那到底是怎麼回事？閣下倒是說清楚呀！」

我與不知火的爭執聲，有逐漸提升音量的趨勢。

而從剛剛就坐在沙發前面，一直沉迷於某種卡牌的凜凜夜與暖暖陽，終於受到聲音的吸引，趴在沙發上向後看來。

凜凜夜的表情很不爽。

「吵死了！本小姐這不是不能好好研究『逃獄』的新課題了嗎！到底在吵些什麼!?」

不知火立刻告狀。

「凜凜夜閣下，二藏閣下攜帶一名小學生幼女前來此地，自稱與這位無辜的幼女是兄妹，但怎麼看怎麼可疑!!在下想要拜託您做為仲裁者來評評理！」

評評理嗎？很好、很好……只要有頭腦冷靜的第三者介入，毫無疑問就是我二藏的勝利。

於是，我看向凜凜夜，對她露出一個鼓勵的微笑。

接著，由凜凜夜擔任仲裁者的審判開始了。

「兄妹啊……兄妹嗎……」

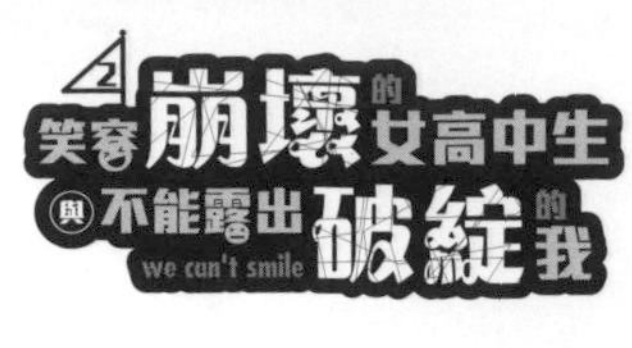

凜凜夜先看看微笑中的我。

然後又看看詩音的臉龐。

最後，她斬釘截鐵地道出結論。

「二藏這傢伙撒謊，會露出這種扭曲笑容的恐怖分子，怎麼可能有長相這麼可愛的妹妹!!」

「果然沒錯!!不知廉恥的罪人啊，受死吧！『不知火流奧義・雷鳴……』——」

「等等、給我等等!!這不公平——!!」

我竭盡全力發出大吼聲，勉強勸阻了不知火繼續詠唱劍技。

絕望啦！我對這個只看長相劃分優劣的無情社會絕望啦！

但是，哪怕再怎麼絕望，我畢竟還是有一線希望存在。

——那就是暖暖陽。

與正義金魚腦劍士，以及無情容貌獨裁者不同，暖暖陽想必能做出合乎正常人的評斷。

這樣的話，我就有救了。

——就能從這不白之冤中脫身，以證未來的「天下無雙」聲明的清廉。

於是，我將所有的希望傾注在暖暖陽身上。

直到剛剛都在專心研究卡牌的暖暖陽，像是發覺我期盼的目光那樣，終於把頭抬起來，看向我們這邊。

然後，不愧是入學測驗時排名第五的她，在眾人的說明中迅速掌握情況。

「……也就是說，你們需要腦袋聰明、長相可愛，就連胸部也很大的——神之少女，來幫你們做出最後的評斷？哼哼……你們還滿有眼光的嘛。」

暖暖陽挺起胸部，表情非常得意。

然後，自居最後仲裁者的神之少女，開始發言詢問。

「也就是說，二藏自稱與這個小女孩是兄妹？」

凜凜夜點頭。

暖暖陽又繼續發問。

「……然後，二藏打算以後與這個小女孩結婚？」

這次輪到不知火點頭。

在聽到「結婚」這兩個字後，暖暖陽的表情馬上沉了下來。

「結婚？明明人家……可惡！好，人家已經決定了，二藏毫無疑問是死罪!!」

「——什麼啊！」

於是，在我的慘叫聲中，不知火提起竹劍向我襲來。

乒乒。

乒乒乒乒乒乒。

毫無疑問，妳們三個都是仲裁笨蛋!!

包。

等情況終於穩定，大家能夠心平氣和地坐下閒談時，我的頭上已經多出五個腫

暖暖陽與凜凜夜坐在沙發上，而其餘三人則拖過椅子，坐在沙發對面。

沙發中間也只隔著一張桌子，在這種距離進行面對面相談，凜凜夜與不知火都露出尷尬的表情。

「什麼嘛，既然是義兄妹，二藏／二藏閣下你怎麼不早點說呢？」

「……因為妳們的評論下得很快，而竹劍來得更快！以後給我好好反省！」

我摸著頭上的腫包，忍不住翻起白眼。

但是，看向旁邊的暖暖陽。

唯獨暖暖陽還是很不滿的模樣，不知道為什麼，明明誤會已經解開了，她居然到現在都還在生悶氣。

那生氣的情緒中，還隱約帶著些許委屈，讓人不忍心再責怪她。

明明被打的人是我，為什麼是妳感到委屈呢……

難以理解的疑惑在心中形成。

但目標是天下無雙的男人，可不能在這種小事上執著太久，於是我決定將剛剛的鬱悶拋諸腦後。

凜凜夜也很快整理好情緒，在這時，試圖重拾社長的威嚴。

「咳咳，那麼，小詩音？妳來我們的社團，究竟有什麼事呢？」

「……因為野女人與天邪鬼。」

詩音雖然半縮在我身後坐著，但回答的語氣卻很堅決。

「哈啊？什麼？」

凜凜夜根本聽不懂詩音的話。

於是，詩音鼓起勇氣再次進擊。

「——為了不讓哥哥大人受到野女人的欺騙，以及協助哥哥大人剷除隱藏於人類社會的天邪鬼，所以詩音來到了這裡，想要盡一份力量，以對付那些不容於現世的存在。」

「「「——……！！！」」」

凜凜夜、暖暖陽、不知火三名少女彼此對視一眼。

然後她們三個迅速離開座位，跑到教室後方開始交頭接耳。

因為聽力很好的緣故，我把所有的竊竊私語都聽入耳中。

由三名少女組成的臨時會議，由凜凜夜開始起頭。

「——喂喂，那個小女孩果然是二藏的妹妹沒錯！還只是小學生而已，居然就有了這麼嚴重的中二病……真是的，什麼天邪鬼呀？」

暖暖陽補充。

「噗……沒錯沒錯，真逗！還有野女人是怎麼回事？也是某種鬼怪嗎？」

不知火進行接話。

「在下不清楚，但根據在下的猜測，或許是百鬼夜行中的某種妖鬼也說不定。」

最後，由凜凜夜進行議會的收尾發言。

「……總之，必須謹慎對待，聽說中二病的個性是會傳染的，我們要小心點。」

才不會傳染！

話說，這三個傢伙啊……有時候真的很難說清楚她們之間的感情到底好不好。

還有，野女人不是妖怪啦！就算是百鬼夜行裡也沒有!!

「……」

在三名少女進行會議的同時，坐在椅子上的詩音，也注視著她們的背影。

踩不到地的小小雙腿在半空中一下一下晃盪，那動作彷彿給詩音帶來了靈感，

於是她的雙眼逐漸瞇起。

接著，詩音從書包裡摸出很像電視上偵探劇裡會出現的偵探帽，然後戴在頭上。

「……真相已經水落石出了，哥哥大人。」

「啊？」

身旁傳來詩音突如其來的話聲，使我一頭霧水地轉頭看向她。

「——當詩音戴上這頂偵探帽，代表詩音已經看穿迷霧，擁有使真相攤明於世人

面前的言語力量。」

雖然妳的臺詞很帥氣……但是，從一開始就沒有必要揭露真相吧？

接著，詩音的眼眸燃起灼燒般的鬥志。

「——換句話說!!詩音已經判斷出天邪鬼與野女人的真實身分了。」

「不，那個……果然還是別管野女人與天邪鬼的事了。」

因為根本沒有天邪鬼與野女人啦！

但詩音的鬥志卻更加高昂。

「哥哥大人真是太寬容了，但是沒關係，哥哥大人，請放心交給詩音吧！不管是野女人還是天邪鬼，『美少女偵探・詩音』都會揪出它的狐狸尾巴，表現給哥哥大人看!!」

九歲的話，最多只能稱為「美幼女」吧。

這時，凜凜夜、暖暖陽、不知火的臨時會議也剛好結束，她們三人正要走回教室中央，卻發現詩音踮起腳尖「哐啷」一聲拉開教室大門，小跑步跨過門口之後，又「哐啷」一聲將門關上。

那動作的匆忙與倉促，讓剛返回的三名少女陷入疑惑。

「……二藏，你妹妹要去哪裡？」

「二藏同學的妹妹要回家了嗎？」

凜凜夜與暖暖陽幾乎同時開口詢問，但面對兩人的問題，我卻只能搔搔臉頰，

然後有點羞恥地飄開視線。

「那個……呃……」

就在我遲疑的同時，教室門口忽然傳出響亮的音樂聲。

躂啦——

躂啦、躂啦、躂啦躂啦躂啦躂啦——

一聽就知道是用手機擴音播出的音質，但做為突如其來的登場音樂，卻已經足夠撼動人心。

接著，於氣勢磅礡的樂聲中，教室的大門再次被拉開。

戴著偵探帽，手裡拿著放大鏡的詩音從門口蹦蹦跳跳地跨入教室，然後在眾人面前，像跳芭蕾舞那樣用腳尖旋轉了一整圈。

在芭蕾舞旋轉停下的瞬間，詩音將雙臂交叉形成「X」的姿勢擋在面前，臉蛋從X的交叉空隙望出。

「看破迷霧！驅趕妄邪！明明看似九歲卻擁有能夠拯救哥哥大人的智慧——就算案情再怎麼晦澀難明，依舊難逃詩音的真知之眼——」

預備道出登場臺詞的詩音，此時改變動作，將左手向眾人指去，而右手則搭在左臂腋下處，擺出一個非常中二的姿勢。

「因此——為了破解案情，『美幼女偵探・小詩音』——於此刻颯爽現身!!」

啊，竟然很有自覺地把臺詞改成「美幼女」了。

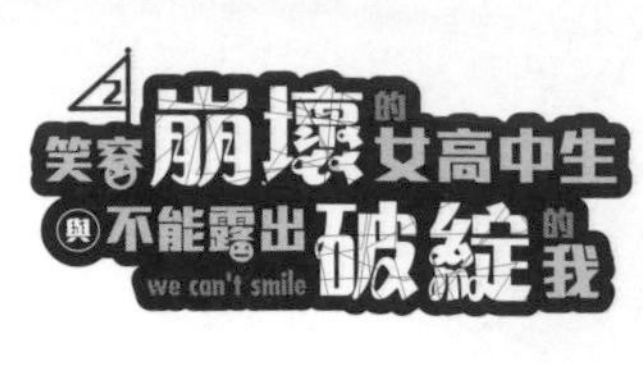

詩音唸完臺詞之後，維持登場姿勢一動不動，用那對大大的眼睛與眾人對視。

「美、美幼女偵探？」

見狀，不知火瞪大雙眼，陷入難以言語的沉默中。

而凜凜夜的嘴角則有些抽搐。

但反應最大的人卻是暖暖陽，她發出「呀——♡♡♡，這表演好可愛哦——!!讓大姊姊抱一下好嗎？」這樣的尖叫聲，然後馬上衝上前抱住詩音。

被暖暖陽用臉頰磨蹭臉頰，詩音先是發出「嗚哇——!!」的驚訝喊聲，然後以手掌用力推開暖暖陽的臉蛋。

「住手、住手住手住手！妳這嫌疑犯，離詩音遠一點！」

「……咦？」

露出興奮表情的暖暖陽此時看起來很像痴女，詩音拚命掙脫暖暖陽的懷抱。

然後，遠離痴女的詩音，用很嚴肅的語氣開始發話。

「我們言歸正題吧！事情是這樣的，依據二藏警官提供的線索，詩音已經查明了真相——」

我在設定上忽然變成了「二藏警官」嗎？原來如此。

看著意義不明的表演，凜凜夜與不知火依舊呆愣原地，只有暖暖陽特別配合。

「嗯嗯！什麼真相？」

被暖暖陽接話後，詩音繼續道出：

「這間教室裡，潛藏了危險的天邪鬼與野女人，而毫無疑問，天邪鬼與野女人就是『那個人』——首先呢——」

接著，詩音將手指指向凜凜夜。

「——妳，毫無疑問就是天邪鬼！因為妳總是露出陰沉的表情，這是個性陰險的天邪鬼的最佳佐證！」

聞言，凜凜夜嘴角不斷抽搐。

而暖暖陽則抱著肚子發出爆笑聲。

「～～～～噗哈哈哈哈天邪鬼，發霉海苔，聽到了嗎？妳是被小孩子認證的陰險怪物哦？噗哈哈哈，笑死人家了——」

像是將誇張的笑聲做為背景配樂，詩音馬上又將手指指向不知火。

「還有妳，絕對是野女人！因為妳在大頭貼照片中，露出那種羞澀的表情想要勾引哥哥大人，除了真面目是野女人之外，沒有第二種可能性！」

「野、野女人？居然是指在、在下……!?嗚……就算是小孩子的發言，但這種讓在下手中之劍感到屈辱的名號……」

不知火表情難看地後退一步，像是感受到真實的疼痛那樣，她忍不住按住胸口。

看來，詩音童言童語的推理，殺傷力比想像中還要巨大。

因為由詩音那張純真的面孔所說出的話，格外有信服力的關係吧。

「～～～～～～噗哈哈哈哈哈哈哈哈哈哈不知火同學？野女人哦，自詡高潔武士

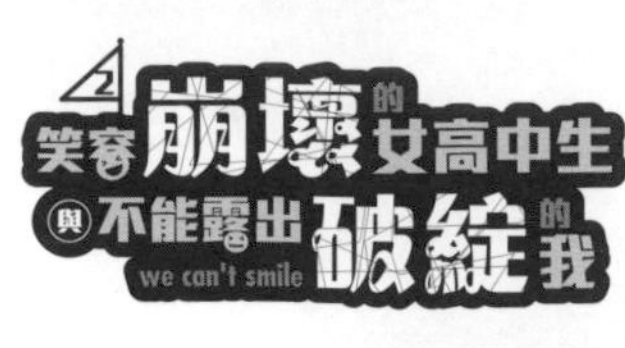

的妳，現在被別人認為是野女人哦？」

幸災樂禍的暖暖陽，越笑越是誇張，最後已經笑到在沙發上打滾，差點喘不過氣。

暖暖陽的臉孔從沙發扶手上探出，露出期待的表情，似乎很想要繼續聽詩音批判其他人。

但是，詩音接下來將視線投在暖暖陽身上。

「還有妳。」

「欸？」

發出疑惑聲的暖暖陽，笑容在一瞬間凝結。

「笑什麼？妳也是野女人。」

「欸欸——!?」

「毫無疑問，妳這種會隨便抱別人的笨蛋，是最可惡的野女人之王。而且妳的身材比另一個野女人還要淫亂，具有更加厲害的特徵，甚至有可能是王中之王。」

淫亂？暖暖陽露出不敢置信的表情，她臉上的笑容，被詩音稚嫩的話語聲徹底擊碎。

失去笑容後，這樣子的暖暖陽——這樣子躺在沙發上的暖暖陽，此時忽然發覺兩道陰影覆蓋了自己。

凜凜夜與不知火已經站在沙發前方，一個露出嘴角抽搐的陰沉笑容，一個面無表情。

「真好呢，野女人之王、野女人之王啊——真是令本小姐『羨慕』的稱號呢？哎呀，不知道是誰，剛剛還在那邊大笑呢——!?」

「……暖暖陽閣下，您今日，必將加冕為王中之王。」

而不知火則用很冷的表情，搭配幾乎能使耳朵凍傷的寒聲如此宣告。

暖暖陽看向詩音，看向凜凜夜，最後又看向不知火。

她的表情逐漸變得呆滯。

「咦！咦咦咦!!淫亂的野女人之王嗎？人家嗎？身為神之少女的人家？」

「沒錯，就是妳！」

「就是閣下！」

像是壓倒駱駝的最後一根稻草。

此刻被凜凜夜與不知火圍剿的她，臉上原本就崩毀破碎的笑容，慢慢形成百口莫辯的絕望。

最後，那絕望化為響遍整層樓的拚命喊叫聲。

「討厭死了!!不要這樣叫人家啦~~~~~~~~~~！！！！！」

偵探事件結束後，大家重新坐下商談。

即使不久之前還處於精神崩壞狀態，但一如往常那樣、能夠快速恢復活力的暖陽，此時成為話題的主導者。

「——哼嗯～～!?也就是說，小詩音妳因為擔心哥哥被壞人欺騙，所以在小學放學後拚命跑步過來，才趕上了這次的社團活動？」

「是的，為了相助哥哥大人，詩音必須親自出馬對付野女人與天邪鬼。」

雖然情勢已經平靜下來，但詩音依然堅持自己認定的『設定』。

「這樣啊、這樣啊，嘻嘻，也太可愛了吧——♡♡♡，好萌喔，拚命擔心著哥哥的妹妹耶！啊啊……怎麼人家就沒有這麼可愛的妹妹呢？」

先不論暖暖陽的自言自語。

我也看向已經放下偵探帽與放大鏡的詩音，忍不住提問。

「話說，妳哪來的放大鏡？」

「哥哥大人，這是詩音今天上『自然觀察課程』時攜帶的道具，如果有必要的話，也可以聚焦陽光用來照射天邪鬼。」

「原、原來如此……」

未免也太物盡其用了吧，不過天邪鬼會怕陽光嗎？

一提到天邪鬼，凜凜夜又露出不爽的表情。

坐在沙發上的她，將雙臂環抱在身前，皺起眉頭再次發出埋怨。

「哼，真是多此一舉！野女人也就算了，什麼天邪鬼啊？」

她好像終於搞清楚野女人不是指鬼怪了。

不過，這一句「野女人也就算了」，是指她認為社團裡真的有野女人嗎？

「話說回來，為什麼本小姐就必須被妳認為是天邪鬼？色情脂肪怪與橡皮筋武士，她們一個拚命散發勾引男人的費洛蒙，另一個是隨便砍人的危險分子，這兩個怪傢伙、難道不是更像天邪鬼嗎？」

「——誰拚命散發勾引男人的費洛蒙了！」

「——凜凜夜閣下，您太失禮了，在下可是為了斬除『惡』才出劍的！」

耳聞凜凜夜對自己的形容，暖暖陽與不知火頓時被戳到痛點，兩人馬上叫嚷起來。

此時三名少女並排一起坐在沙發上，凜凜夜坐在中間。

但是，來自左右鄰近那群情激湧的聲勢，沒有動搖凜凜夜平靜的態度。

凜凜夜依舊維持大小姐般的高傲，雙手抱胸，安穩地坐在沙發上。

「呿，本小姐只是開個小玩笑，這麼激動做什麼？在小學生面前展露這種不成熟的態度，會被外人小看的喔？哼……由此推測，看來妳們的器量，大概也就這種程度了。」

對於暖暖陽與不知火的器量，凜凜夜擺出蔑視的態度。

這時候，輪到詩音開口發言。

「……這位叫做凜凜夜的大姊姊，關於妳剛剛的提問，詩音可以誠實回答嗎？」

提問？啊、是指「為什麼本小姐就必須被妳認為是天邪鬼？」那一句疑問吧。

凜凜夜又哼了一聲，接著她不滿地偏過頭去。

「就算不強調說明，本小姐也能瞭解——是因為本小姐的笑容比較陰沉吧？」

「……這只是一半的理由，詩音身為偵探，不會單方面地將罪責強加他人身上。」

詩音如是回答凜凜夜。

留著銀色雙馬尾的詩音，坐在椅子上時、甚至腳都碰不到地——毫無疑問，從側面看去就只是普通的九歲小學生而已。

可是此時擺出認真的表情、模仿大人想要分析案情的她，因為與年齡不符的反差，反而有種格外動人的可愛魅力。

凜凜夜斜眼瞄著詩音，然後再次提出疑問。

「哦？那本小姐倒要洗耳恭聽。說吧，另外一半的理由是什麼？」

「偵探得到可靠的情報來源，藉此排除所有不可能的選項——此乃看破迷霧、得出真相的不二法門。」

用很嚴肅的小大人表情，詩音持續說明她的「推理」。

「從種種蛛絲馬跡看來，詩音早已推斷出野女人不止一位，而既然是同種的危險生物，兩隻野女人之間，必然存在某種關聯性。」

「……所以？」

凜凜夜皺眉。

接著，詩音語出驚人。

「——三位嫌疑犯裡，有兩位胸部都很大，只有妳是洗衣板。所以毫無疑問，妳就是天邪鬼！」

有一瞬間，凜凜夜的表情變得呆滯。

她的瞳孔甚至都沒有聚焦，彷彿失去了生氣那樣，顯得如此孤單而又寂寞。

然後——

「——天誅啊啊啊啊啊啊啊啊啊啊啊啊啊啊——————！！！！！別以為妳是可愛的蘿莉本小姐就會放過妳————給我接受天誅天誅天誅天誅天誅天誅天誅天誅————！！！！！」

然後，理智線斷線，凜凜夜化身為遭受憤怒附身的暴走怪獸。

同樣坐在沙發上的暖暖陽與不知火兩名少女，趕緊抱住凜凜夜的腰部，阻止怪獸在社團內到處暴走。

「——喂，腐爛海苔／凜凜夜閣下，說好的器量呢？妳那不想被外人小看的

器量呢——!?」」

……先是兩名少女不約而同的大喊聲。

「————嗚哇啊天誅天誅天誅天誅天誅天誅————!!!!!」

……然後，是假如身體構造能噴火的話，此時就一定會到處噴火的凜凜夜的狂喊聲。

這天的社團活動，在最後形成了一場鬧劇。

在這樣子的混亂鬧劇中，我不知道又被誰在頭上敲出了好幾個腫包，最後我帶著詩音匆忙逃離現場。

一邊逃出亂象紛呈的社團教室，詩音牽著我的手，依舊用由下往上的小孩子眼神盯著我看。

「怎麼樣？哥哥大人，詩音果然揪出了天邪鬼與野女人，我說得沒錯吧？」

「別再堅持那種設定了啦！」

無視我的吐槽，詩音一邊說話一邊點頭。

「……果然哥哥大人離開詩音的話就不行了呢。看來為了相助哥哥大人，今後詩音也必須繼續前來此地，繼續對付野女人與天邪鬼才行。」

「天啊，妳之後還想來啊!?」

「那當然！哼嘿嘿——美幼女偵探・小詩音，今後也會繼續為了哥哥大人效力!!」

擅自做出聽起來很不妙的決定，這樣的詩音，此時對我展露大大的笑臉。

那是眼睛笑成月牙形象的燦爛笑臉——彷彿想向世人誇耀自己究竟有多可愛那樣，是只有幼女能擁有的純真笑容。

不過，身後「——天誅天誅天誅天誅————!!」某人的暴走聲依舊清晰可聞，原本已經夠混亂的笑容社，如果再增添一個並非社員的小學生偵探，究竟會變得多麼混亂呢？

唉——

思及此，我忍不住呼出，有生以來最長的嘆息。

混亂之日的當天夜晚。

在難得的打工休息時間，我依舊與八王子前輩在後門口的巷子裡碰面。

八王子前輩盯著我的頭頂，首先拋出疑問。

「小九，你的頭上怎麼多出這麼多腫包？」

「呃……這個嘛，啊哈哈哈，沒什麼啦——」

面對前輩的提問，我只能含糊帶過實情。

「不過，小九……總覺得你最近、變得有些不一樣了呢。」

變得有些不一樣了？

八王子前輩微微一笑，接著如同往常那樣，露出溫柔的笑容。

「還記得嗎？前陣子你總是給人一種很疲倦的感覺，為了『不能笑』的事情在煩惱，認為社團裡那些共犯一點也不可靠，並為此感到相當憂愁——」

前陣子嗎？也就是剛開學的那幾天。

明明還是不久前的事，可是此刻從八王子前輩口中聽到轉述，卻不禁產生一種『好像已經是很久以前的事了』的錯覺。

為什麼會這樣子呢？

正當我思索的時候，卻聽到八王子前輩繼續說了下去。

「可是，現在的小九你不一樣了。雖然依然不能笑，但是呢，你用會聽起來很開心的語調去形容社團裡的那些夥伴，用興高采烈的神情去期待明天——這樣子的你，給人的感覺很溫暖，我很喜歡。」

他溫柔地直視著我，似乎連那一對漂亮的眼眸都在微笑。

「……」

八王子前輩的發言，使我陷入長久中的沉默。

是的，八王子前輩認為，人與人之間必須建立聯繫，源於守護「珍視之物」的溫柔，才是最可靠的。

但我不一樣。

必須不一樣。

因為，八王子前輩是完美的。他沒有絲毫弱點——彷彿永遠身處燦爛陽光下的白馬王子，能夠帶著溫柔的表情去面對一切。

然而，無所倚仗的弱者，絕對不能輕易信任他人，否則只會在關鍵時刻迎來背叛，讓自己重重摔倒於人生的道路上，傷得再也無力翻身。

所以，對我而言——毫無疑問，擁抱名為孤獨的強大，才是通往「無破綻人生」的正確道路。

換句話說，加入笑容社的行為，正在逐漸崩潰我的心防，讓我慢慢變得弱小。

「弱小……我嗎？我二藏？」

無法自制的低喃，在黑夜中流瀉而出。

難以形容的複雜感受，也於內心漸漸滋生。

第七章　交朋友能力與色慾卡牌

隔天，夕陽正在緩慢西沉的放學後。

大家照慣例在社團教室集合。暖暖陽又抱著一堆新的零食來到社團，而不知火大概是為了打發時間，帶來擦拭的竹劍越來越多了。

凜凜夜隨便找了個位置坐下，然後她看向我。

「喂，二藏，你今天的表情看起來怎麼這麼嚴肅？」

「……沒什麼。」

面對凜凜夜的提問，我只是輕輕搖頭。

但凜凜夜馬上又提出新的疑問。

「哼，不想說就算了……不過，你可以解釋一下這是怎麼回事嗎？」

她指向坐在沙發上輕輕晃腳的詩音。

「為什麼你妹妹又跑來學校了？」

我還來不及回答，詩音就從沙發上跳下，站在地上雙手扠腰。

「——呼呼唔，這個問題就由『美幼女偵探・小詩音』本人來進行回答吧！為了守護哥哥大人的安危，讓他不受天邪鬼以及野女人的欺瞞誘騙——詩音決定每天放學後來這裡巡邏，以守護世界的愛與和平!!」

詩音大概很滿意自己的臺詞，於是拍了拍自己完全沒有發育的胸口，露出得意的表情。

但凜凜夜卻完全不領情，像驅趕蒼蠅那樣不斷往外揮手。

「——去去去，趕快回公園跟妳的小學生朋友玩耍去！這裡不是小學生該來的地方！」

「才不要！詩音要待在這裡！還有誰規定小學生就非得和小學生一起玩了？」

看著詩音堅決拒絕的樣子，像是猜到了些什麼，凜凜夜瞇起眼睛。

「哦——本小姐明白了，妳該不會在學校沒有朋友吧？所以只能整天黏著哥哥不放，利用年齡幼小的優勢博取同情。」

凜凜夜在毒舌方面，毫無疑問是笑容社中的最強人選。

於是，詩音馬上受不了刺激，發出亟欲證明自身的大叫聲。

「誰、誰沒有朋友啊！詩音有朋友、明明有朋友！」

針對詩音話中的弱點，凜凜夜馬上追擊。

「這樣啊，那妳所謂的『朋友』有幾個？」

「這個……那個……」

詩音的眼睛飄來飄去，但始終說不出正確答案。

話說回來，我從來沒有聽詩音說過她在學校的交友狀況。

從舊家離開之後，詩音轉學到P小學已經過了兩年，即使偶爾家長日去小學參觀，我對詩音班級上的人際關係分布也並不熟稔。

換句話說，或許做為哥哥的我，在這方面對於詩音的關心太少了也說不定。

因為和立志與孤獨為伴的我不一樣，想讓詩音過上符合正常人的生活，還是必須維持朋友這種表面上的關係。

就在詩音遲疑許久後，暖暖陽忽然開口替詩音緩頰。

「喂，別說別人了，發霉海苔，妳自己也沒有朋友吧？」

暖暖陽似乎很疼詩音，剛剛她也是把一堆零食放在詩音面前，對貪吃的暖暖陽來說，這是很罕見的行為。

不過，凜凜夜就是凜凜夜，即使遭受突如其來的敵方增援，她依舊態度從容。

「哼，本小姐嗎？雖然本小姐根本不需要朋友這種東西，不過如果談到交朋友的話，想要多少就有多少！」

「少吹牛了！」

暖暖陽不屑地撇過頭去。

但是，凜凜夜卻只是不斷冷笑。

「不相信嗎？那就跟本小姐過來，本小姐交朋友的能力，馬上就證明給你們看。」

居然真的想證明自己「交朋友的能力」？

憑這個習慣一見面就稱陌生人為「黑猩猩」的凜凜夜？

實話實說，我根本不相信。

但凜凜夜自信的態度，卻讓人相當在意。

「哼……不過是一群愚昧的黑猩猩們，乖乖跟在本小姐後面，見識一下本小姐交朋友的技巧吧。」

於是由凜凜夜一馬當先在前帶領，我們離開教學大樓，走到廣場上。

「喂喂、二藏同學，發霉海苔那傢伙怎麼這麼有自信？難道她真的很會交朋友嗎？」

在行走的過程中，暖暖陽朝我靠近，在耳邊說著悄悄話。

前方凜凜夜的背影，那背影不帶一絲遲疑，可以說自信到了極點。

也難怪暖暖陽開始對自己產生懷疑。

此時，凜凜夜忽然停步。

她好像找到了「交朋友」的目標。

接著，凜凜夜的手指，指向前方。

「你們看到了嗎？那邊有一名戴著黑框眼鏡的男生，就挑選那傢伙當作目標吧。」

於是凜凜夜走上前去。

戴著黑框眼鏡的男學生似乎本來橫拿手機，正在玩某種手機遊戲，但凜凜夜站在他面前後，他疑惑地抬起頭來。

兩人對視片刻。

接著，凜凜夜扔了一大疊鈔票到對方的懷中，那些鈔票至少有十萬元以上。

「喂！如果願意當本小姐的朋友的話，這些錢就是你的！聽到了嗎？」

「——依靠金錢，妳這傢伙究竟有多卑劣無恥啊——!?」

就在黑框眼鏡男生愣住的同時，凜凜夜的後領口瞬間被人往後拉扯，暖暖陽激動的臉孔出現在她的面前。

而遭到大聲斥責的凜凜夜，整張臉漲得通紅，立刻進行惱羞成怒的反擊。

「吵死了吵死了！本小姐善用自身的優勢有什麼錯！」

「用錢買來的朋友、算是哪門子朋友？妳這發霉海苔根本不懂『朋友』這詞彙的意思！」

「就說妳吵死了！色情脂肪怪，妳有什麼資格談論『朋友』？明明是一個身邊只有糰子跟小動物還有鮭魚伴隨的可悲桃太郎！」

「發霉海苔！伴隨桃太郎的是猴子、雉雞還有狗啦！還有，聽好了——朋友這種東西，才不是金錢能買到的廉價事物！」

與暖暖陽爭執到這裡，凜凜夜露出招牌性的扭曲冷笑。

「不是金錢能買到的廉價事物？說得倒是好聽——好啊，色情脂肪怪，既然妳自詡懂得何謂『朋友』，妳倒是交一個朋友來給本小姐看看？我看妳根本辦不到吧？」

「——人家怎麼可能辦不到！」

被凜凜夜的激將法刺痛神經，暖暖陽發出無法忍受的大叫聲。

「人家辦得到、絕對辦得到——!!交朋友就交朋友，噁心發霉海苔，給我睜大眼睛看好了！看著神之少女究竟是怎麼發揮自身的光輝，讓朋友匍匐拜倒於腳下!!」

不，匍匐拜倒於腳下的也不是朋友吧……

但正處於吵架狀態的兩人，明顯已經完全無視第三者的存在，勸阻是沒有用的。

於是，剩下的人，也就是我、不知火、詩音三人，只好一邊向黑框眼鏡男生道歉，然後把鈔票拿了回來。

在我們善後完畢後，卻發現凜凜夜及暖暖陽已經氣沖沖地走遠，兩人不斷挪動視線尋找下一個「交朋友」的目標。

然後暖暖陽首先有了發現。

「發霉海苔，看好了！那邊有個坐在涼亭內的單馬尾女孩對吧？就由身為神之少女的人家來示範給妳看，什麼是『真正的朋友』！」

「……哼。」

凜凜夜不屑地撇過頭去。

在眾人的注視中，暖暖陽走到單馬尾女孩的面前。

接著，暖暖陽拋了個媚眼，接著彎下腰，做勢要解開胸前的鈕釦。

「如果跟人家當朋友的話，人家就解開一顆鈕釦給妳看哦？」

「——出賣色相，妳這傢伙究竟有多卑劣無恥啊——!?對方甚至還是女生耶，簡直愚蠢到了極點!!」

在憤怒至極的狂喊中，這次輪到暖暖陽的後領口被人往後拉扯，凜凜夜狂怒的臉孔出現在她的面前。

這次由暖暖陽先發出了大叫聲。

「煩死了啦妳！人家善用自身的優勢有什麼錯！」

「用美色誘惑的朋友、算是哪門子朋友？妳噁心脂肪怪根本不懂『朋友』這詞彙的意思！」

啊，兩人好像立場交換了呢，似乎不久之前也發生過類似的事情。

看見兩名少女在自己面前吵架，始終不明事發緣由的單馬尾女孩，露出惶恐的表情。

如果暖暖陽把目標對象換成男生的話，剛剛她那套「交朋友攻勢」，肯定是一擊必殺的大絕招吧。不過對象是女生，所以幾乎沒起到效果。

而就在這時，單馬尾女孩忽然低下頭。

詩音就站在她的面前，睜著大大的眼睛，用那種由下往上看的小孩子必殺眼神看向她。

「……大姊姊，可以和詩音當朋友嗎？」

單馬尾女孩愣了一瞬間。

但因為詩音真的很可愛，她大概也感受到了那股可愛力量的號召，臉上馬上被感染笑容。

「好，大姊姊和妳當朋友！」

伴隨話聲落下，原本在旁邊按著對方臉吵架的凜凜夜與暖暖陽，忽然身體一僵。

她們就像被石化了那樣，只能轉動眼睛看向身旁。

然後，她們看見詩音高舉小拳頭，然後踮腳尖做出小小的跳躍。

「好耶！打敗天邪鬼與野女人了！是詩音的勝利！」

接著，詩音笑咪咪地走近兩人，抬起頭盯著兩人僵住的表情。

「怎麼樣，天邪鬼？詩音並不是只能在公園與小學生朋友玩耍，沒錯吧？」

原來詩音還在介意之前凜凜夜說「快回公園跟妳的小學生朋友玩耍」那件事啊。

不過，她連暖暖陽一起打敗了，顯然是意料之外的壯舉。

凜凜夜望著詩音，臉上慢慢變得越來越紅。

她的嘴巴閉了又張，張了又閉，最後卻說不出話來。

輸給小學生的羞恥心，讓凜凜夜徹底喪失了以往那伶牙俐齒的風範。

最終，凜凜夜垂頭喪氣地搭住了暖暖陽的肩膀。

「……我們回去吧，回社團教室。」

而自尊心與凜凜夜幾乎不分上下的暖暖陽，同樣也接受不了輸給小學生的事實。

「……嗯，別吵架了。」

於是，她也將手臂搭在凜凜夜的肩膀上，與落敗的夥伴扶持並肩前行。

話說回來，這是我第一次看見她們如此團結。

回到社團教室後。

凜凜夜與暖暖陽並肩坐在沙發上，兩人都是雙眼無神。

「我說，凜凜夜，我們果然是因為年紀的關係才輸掉的吧？」

「沒錯，如果同樣擁有九歲的優勢，本小姐與妳才不會輸。」

很難得地沒有用「發霉海苔」或是「色情脂肪怪」之類的外號蔑稱對方，兩名少女迎來了短暫的和平時代。

……但也只有持續十分鐘而已。

因為，恢復精神的速度一向驚人的暖暖陽，很快就重拾自信。

「啊啊——現在回想起來，當年人家身為神之幼女的時候，朋友大概也是多到不行呢。」

「什麼叫『大概』？」

「囉、囉唆死了，不要挑我語病啦，臭發霉海苔！」

兩個人很快又吵起架來。

但吵了幾句之後，她們從置物櫃裡拿出了某種卡牌，開始聚精會神地研究。

對於這些卡牌我有點印象，記得第一次帶詩音到社團造訪時，凜凜夜與暖暖陽就已經在鑽研這種卡牌。

於是，我忍不住好奇發問。

「那是什麼？」

專心研究中的凜凜夜，似乎沒有聽見我的問話。

而暖暖陽則對我秀出上面畫著月亮的牌面，同時開口解釋。

「啊……這個嘛，這是最近在女高中生之間很流行的『七大罪占卜卡牌』啦，牌組裡每種七大罪的卡片各有三張，聽說可以算出一個人接下來即將面對的事物喔？如果抽到『暴食』代表可能會變胖，抽到『傲慢』代表要小心自身的言行，或是即將遇到傲慢的對象——當然也有可能一次拿到複數卡片，例如同時擁有『嫉妒』、『憤怒』這兩張卡。」

「原來如此……不過，妳們怎麼會喜歡這個？」

「二藏同學你在說什麼呢、因為我們也是女高中生呀？」

暖暖陽用奇怪的目光打量我。

「呃……哈哈哈……這樣啊。」

我卻只能乾笑。

因為，沉迷於占卜卡牌，這種普通女高中生會做的事，由凜凜夜與暖暖陽來做反而有點奇怪，她們的言行舉止實在太不像一般人了。

在這時候，原本在旁邊擦拭竹劍的不知火也靜靜發話。

「話說回來，凜凜夜閣下與暖暖陽閣下占卜出來的卡牌，並不如原先的預期吧？」

凜凜夜臉色一沉。

「嘖，正因如此才更讓人不爽，本小姐怎麼可能與『傲慢』這種詞彙劃上等號？無法精確滿足玩家的需求，看來卡牌製作人的規劃能力，充其量也就是三葉蟲的水平。」

暖暖陽也開口抱怨。

「發霉海苔，妳那還算好了，身為神之少女的人家，怎麼可能與『怠惰』還有『暴食』產生聯繫？」

看來這兩個傢伙，完全是因為不服輸才反覆進行測試吧。

不過，凜凜夜占卜的結果是「傲慢」這點先不提，眾人都應該很清楚問題的原因。

至於暖暖陽，她會抽到「怠惰」以及「暴食」，完全是因為她整天在沙發上滾來滾去看漫畫、還有動不動嘴巴就塞滿零食大吃大喝吧。

我越想越有道理，於是忍不住想笑。

但是，就在這時候——

叩叩叩。

社團教室門口，響起清脆響亮的敲門聲。

有人在敲門，但是社團成員早就全部到齊了。

也就是說，來者身分不明。

難道說，像以前的暖暖陽那樣，是想要加入社團的志願者嗎？

或許是看出了我的疑惑，詩音不斷輕輕踮腳跳躍，然後舉高手臂，試圖吸引我的注意力。

「哥哥大人、哥哥大人，看詩音這邊！」

接著，詩音將食中兩指張開，然後以右眼從兩指中間的隙縫望出。

「群魔亂舞的黃昏時刻，不明身分的訪客，啟人疑竇的敲門聲——放心吧，哥哥大人，在這種情況下，就是『美幼女偵探・小詩音』登場的時候了！小詩音會查明來客的身分，阻止凶殺案於萌芽之前！」

所以說，不會有凶殺案啦！

但詩音依舊蹦蹦跳跳地去開門了。

將幼小的手掌搭在大門上，詩音在開門前還不忘回過頭，向我發出朝氣十足的吶喊聲。

「放心吧，哥哥大人，一旦看見犯人的容貌，詩音就會第一時間轉述給您知曉，這樣一來，就算再怎麼窮凶極惡的犯人，也將無所遁形！」

也不會有犯人！

內心的吐槽聲響尚未消散，詩音就打開了教室大門。

「……——!!」

然而，詩音仰頭往上看之後，立刻變得驚慌失措。

「哥哥大人！糟糕了，詩音完全看不到犯人的臉！她用犯案工具掩護了自己！」

耳聞詩音的叫喊聲，站在門口的訪客，頓時笑著發言。

「呼呼呼……真是可愛的小客人呢。但是，大人的胸部可不是犯案工具哦。」

依舊是滿含母性的妖媚話聲。

類咖啡色長髮、遭胸部鼓脹撐滿的白色襯衫、西裝外套，以及時下常見的ＯＬ套裝裙子。

十宮亂鳳。

——站在門口的訪客，是十宮亂鳳!!

因為胸部極為豐滿，所以如果從詩音的小孩子視線往上仰視，就只能看見立體感十足的下乳而已。

在大門打開後，十宮亂鳳走進教室，她先是環顧教室一圈，然後笑著給出評語。

「哎呀哎呀、真是熱鬧的社團呢。」

十宮亂鳳的視線掃過依舊在低頭研究卡牌的凜凜夜以及暖暖陽……掃過已經站起身的不知火……又掃過詩音，最後停留在我身上。

「……你覺得呢？二藏同學。」

她並沒有呼喚我的本名，而是像其餘社員那樣稱呼我「二藏」。

「呃……嗯嗯！」

對於此，我一時之間不知如何回應，只能點點頭，試圖含糊帶過。

「……嘻嘻。」

凝視我片刻後，十宮亂鳳忽然笑了起來。明明那是很溫柔的笑，但是因為她那一對桃花眼的關係，連眼角眉梢似乎都帶上了媚意。

接著，十宮亂鳳轉開視線。

「那麼……就先說說正事吧。這裡的社長是凜凜夜同學吧？」

她朝沙發看去，發現凜凜夜與暖暖陽依舊在鑽研卡牌，專心到甚至沒有發覺她的來訪。

於是，十宮亂鳳朝沙發走去，然後在散滿卡牌的桌子前彎下腰。

「啊……是這個占卜遊戲呀。我也知道哦？是最近學校裡很流行的『七大罪占卜』對吧？」

近在咫尺的話聲，讓凜凜夜與暖暖陽從沉迷中驚醒。

幾乎是出於對於師長階層的下意識尊敬，凜凜夜站起身來。

「啊……十宮老師！」

但沒有見過十宮亂鳳的暖暖陽，顯然對意外的訪客感到陌生，於是睜大眼睛觀察對方。

十宮亂鳳沒有太在意兩人的動作，她就只是含著溫柔的媚笑，然後伸手探向桌上的卡牌。

「看起來很有趣，讓我也玩玩吧？」

似乎熟知規則的她，伸手捻起了三張卡牌。

「呼呼呼……會是什麼呢？真令人期待。」

語畢，她將卡牌翻到正面。

「哎呀……居然是……」

十宮亂鳳又笑了。

此刻的社團教室內，所有人的目光瞬間聚焦在那三張卡牌上。

色慾、色慾、色慾。

三張卡牌，全部都是色慾。

凜凜夜光是抽到一張「傲慢」就非常在意，那如果有人同時抽到三張「色慾」

的話呢？

尷尬、難以言語。

就像時間瞬間被靜止那樣的寂靜，在社團教室內瞬間成形。

而在那令人有些難以忍受的沉默中，十宮亂鳳本人臉上的笑意卻更深了。

她以指尖撫摸著那三張「色慾」卡牌，然後對身為社長的凜凜夜，輕輕道出此行的來意。

「凜凜夜同學……我這次來這裡，是想要告訴妳……關於上次在保健室內的話題，我改變了主意。也就是說——」

十宮亂鳳的桃花眼，此時笑瞇了起來。

「——我決定答應你們的邀請，成為這裡的社團顧問。」

番外篇　未鳴之鳳

那是一個豔陽高照的晴天。

由於時值中午，整座P市被太陽晒得熱氣蒸騰，行人紛紛躲避烈日，連本應涼爽的十月秋意，在豔陽下都顯得如此軟弱且無力。

而位於P市的市中心，座落著一所幾乎是升學保證的知名中學。

在這所中學裡，位於二樓最前方的是二年A班。

由於是中午用餐時間，二年A班此時正不斷傳出學生的喧譁笑鬧聲。

中學生們紛紛拿出家中的便當或是外購的食物，接著呼朋引伴，將桌子併在一起形成小型餐會，在吃飯的同時也不忘高聲談笑。

但既然有人群聚，那當然也會有落單的孤獨者。

二年A班的教室角落裡，就坐著這樣一位少女。

她將類咖啡色長髮梳成馬尾辮的樣子垂於肩前，戴著無法讓人窺視雙眸的厚重圓眼鏡，看起來普通到不能再普通。

午餐時分，四周滿是成群結隊、聚在一起用餐的小團體，唯獨眼鏡少女一個人坐在角落吃便當，這行為讓她看起來格外顯眼。

在班級的正中央，有幾名裝飾華麗的女學生。此時，小團體之中為首的人瞄向眼鏡少女，然後露出不懷好意的竊笑。

「有些人就是特別不合群，都什麼年代了還戴那種厚眼鏡，以為自己是漫畫裡的人物嗎？看起來土裡土氣的，好搞笑，簡直太搞笑了～～」

為首女學生的跟班立刻跟進附和，她故意斜眼看向眼鏡少女。

「就是呀，還整天板著一張臉不說話，就算成績是年級第一又怎麼樣？一個朋友都交不到，更別說男朋友了，真是個陰沉的女人。」

聽見跟班如此配合，為首女學生決定加大嘲笑力度。

於是，她朝整間教室發出吶喊。

「話說回來，她叫什麼名字來著？喂——班上有人記住那傢伙的名字了嗎？噗哈哈……該不會開學這麼久了還沒人認識她吧!?」

聲調雜亂的教室，沒有人回話，這更突顯了眼鏡少女的孤單。

大笑了幾聲後，為首女學生故意用食指戳著自己的下巴，裝作思考的模樣。

「看來只有我記得呢，真拿你們沒辦法——我想想哦，是叫十宮……十宮什麼來著？討厭，想不起來了呢。」

因為她刻意用類似綜藝節目主持人的逗趣語氣發話，二年A班頓時哄堂大笑。

接著，更進一步的欺凌行為發生。

跟班用小躍步快速跑到講臺前，露出誇張的表情，然後故意高高舉起點名簿。

「啊，那傢伙的名字是十宮亂鳳啦！我想起來了，我果然是最聰明的，沒錯吧！」

「欸？討厭啦，看點名簿是最不可取的作弊哦！」

隨著跟班與為首女學生一搭一唱，教室內再次響起大笑聲。

「……」

依然默默低頭吃著便當。

遭到孤立的十宮亂鳳，厚重眼鏡底下隱藏的眼神，逐漸變得凌厲。

——不過是一群嫉妒成功者的臭蟲罷了。

——只要將來進入職場，外貌算什麼，在絕對的能力面前，這些不過是可笑的空談。

然而，哪怕內心再怎麼以催眠般的囈語試圖說服自己，對於此時尚處於中學生階段的十宮亂鳳而言，教室內那如同深海般的壓力，依舊在不斷壓迫每一次的呼吸，使得她呼吸困難。

甚至連口中的食物，似乎都變得難以下嚥。

於是，她決定將便當拿到教室外面，在安靜的地方獨自享用。

……步伐彷彿變得沉重。

……渴望安靜。

……渴望逃離這裡。

如此卑微的訴求，此時的十宮亂鳳卻必須以掙扎的姿態拚命加以實現。

「說起來，那傢伙的優點也就只有奶子大而已吧，明明是個醜八怪的說——」

「沒錯沒錯——！」

哪怕已經關上教室大門，嘲弄與哄笑聲卻依舊穿越了門板，像甩不去的陰影那樣，緊隨著十宮亂鳳的身影。

於是十宮亂鳳抱著懷裡的便當，不斷加快腳步。

遠離原本的教學大樓後，十宮亂鳳來到另一棟僻靜的圖書大樓。

這裡是十宮亂鳳的理想鄉。

在放學後擔任圖書委員，徜徉於書海之間。

或者像現在一樣，在午餐時躲來這裡的頂樓用餐——如果說，對於十宮亂鳳而言，這所學園裡有所謂的「避風港」的話，那毫無疑問就是此處。

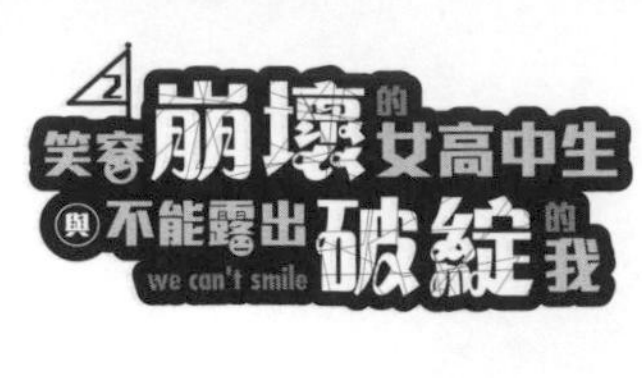

所以，今天十宮亂鳳的目標依舊是頂樓。

沿著漫長的階梯爬到頂樓後，才剛打開鐵門，自空曠的頂樓外，傳來一陣秋天的微風。

那微風撩亂了十宮亂鳳的瀏海，而她的視線穿越飄零翻飛的類咖啡色髮絲，看見了「那個人」。

有一名男教師正倚在頂樓的欄杆旁，目光平望，眺望著遠方的城市。

男教師的手指中挾著香菸，香菸帶起一道又一道的輕薄煙霧湧動，最後融入風中遠揚他方。

此時，大概是聽見了鐵門被人打開的聲響，男教師回過頭，看見了十宮亂鳳的身影。

然後他豎起單掌，對十宮亂鳳擺出抱歉的手勢。

「抱歉吶，可以替我保密嗎？學校裡不能抽菸對吧。」

幾乎是出於下意識地，十宮亂鳳輕輕點頭。

這是十宮亂鳳與「他」的第一次邂逅。

但是，「他」究竟叫什麼名字呢？

哪怕在多年後努力回想，十宮亂鳳也已經沒有絲毫記憶。

然而，在學習方面幾乎被所有人稱為天才的十宮亂鳳，或許不是不能記起，而是不願去記起。

就像沒有人會願意將自己陳舊的傷疤再次挖開那樣，在十宮亂鳳的內心，那最難以被窺視的記憶深處——或許就封鎖著那樣一只記憶鐵盒。滿布灰塵、被最沉重的情感所束縛，再也沒有重見天日的那天。

因此，多年後的十宮亂鳳，偶然於心底浮現往昔的回憶時，也只是將其稱為「那個人」，或者是「男教師」。

而這名男教師——

當時正值二十五歲左右的年紀，在學園裡的人氣非常高。

高到了簡直不可思議的程度。

不光擁有大量女學生成立的粉絲後援會，甚至有不少女性家長在參觀運動會時，以「討論孩子的未來」為美名，試圖短暫霸占男教師，因此吵得不可開交。

……會造成這樣的結果，原因無他。

男教師那出色的容貌，與電視上第一線的花美男藝人相比，也是毫不遜色。

而這樣子的他，卻在當天在頂樓與十宮亂鳳偶遇。

以保守祕密做為接觸的契機，十宮亂鳳與男教師的單獨相處機會也日漸增多。

而且，他從來沒有瞧不起十宮亂鳳的外貌。

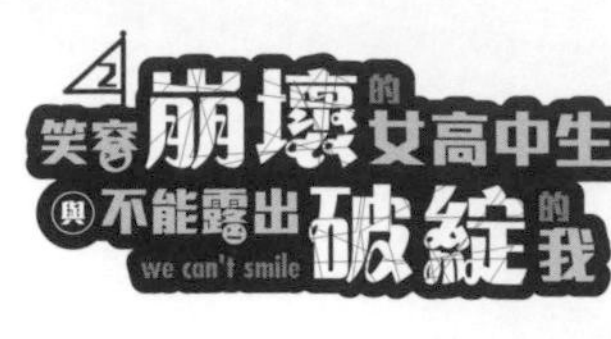

更不如說，恰巧與其相反——

「咦？十宮同學是圖書委員嗎？好厲害！那妳的學習成績肯定也很好吧？」

「嗯……從入學以來，一直都是年級第一。」

當時的十宮亂鳳，在回答男教師的問題時，總是習慣性地低下頭，不敢去看對方的臉。

只是，哪怕是這樣拘謹的態度與回答語氣，依舊沒有削減男教師的讚賞之意。

「真厲害呢，老師我像妳這麼大的時候，究竟拿過幾次年級前三呢——!?是三次嗎？還是兩次呢？還是根本沒有呢？糟糕，這樣子我豈不是很不像老師嗎！」

男教師抓著頭腦露出頭疼的樣子，讓十宮亂鳳忍不住微笑。

至今已經是中學二年級，在十宮亂鳳的學園生活中，微笑的次數可以說是屈指可數。

而這屈指可數的次數，幾乎都是因為男教師而產生。

在知曉男教師每天中午都會前往頂樓偷偷抽菸之後，十宮亂鳳去頂樓的次數也日漸增多。

偶爾在下雨天，男教師沒有去頂樓時，十宮亂鳳會望著頂樓的積水，看著水面上映射的自己。

……現在的自己，與當初那個即使遭受全班孤立、也能擺出冷酷表情的自己，似乎有些不一樣了。

「原來，我也能露出微笑嗎？這樣的我？」

「……我會一直來頂樓，是渴望他稱讚我，還是希望自己也能露出像是同齡人的微笑？」

十宮亂鳳於陰雨中的自語，沒有人能夠回答。

可是，哪怕是教室內並沒有人開惡劣玩笑，那如同深海般的壓力也未曾誕生——十宮亂鳳的身影，依舊每日伴隨中午的烈日，現身於在頂樓。

越來越期待看見對方的身影。

看見男教師時，哪怕只是偷偷注視對方的側臉或背影，臉上也會變得發燙，心跳速度還不斷加快。

起初，十宮亂鳳以為自己生病了。

於是她先進行全身性的健康檢查，但望著報告結果，各項數值怎麼看都很健康。

「……換句話說，是某種未知的疾病嗎？」

於是，求知若渴的她開始翻閱書籍。

身為圖書委員的她，於放學後的靜謐時光，一日日埋首於醫學書籍之中。

然而，醫學書籍很快被看盡，十宮亂鳳只得目光旁移，開始尋求心理學的書籍。

因為心生病了，肉體也會跟著生病。

這次，她在某本專門描述女性心理的書裡，找到了與自己相同的病症。

不，或許用「病症」來形容已經不夠精確——因為映入十宮亂鳳眼簾中的、書上所給出的解釋是——

「戀愛之心……」

簡稱戀心。

發覺真相後，十宮亂鳳按著書本的手掌微微顫抖。

厚重眼鏡下，漂亮的咖啡色雙眸內，也正在產生情感滴落的漣漪。

「也就是說，我……喜歡上了那個人。」

喜歡。

喜歡喜歡喜歡喜歡喜歡喜歡喜歡喜歡喜歡。

真的好喜歡——

這樣的心情，進而一發不可收拾。

每天去頂樓的時間都越來越早。

只要能早一秒鐘看見他，就算多等上一個小時也無所謂。

哪怕是不等價的交換。

哪怕是不等價的戀情——

無所謂，那也無所謂。

因為，對於此時的十宮亂鳳而言，戀愛之心中的「他」，已經占據了全世界。

偶爾，男教師在抽菸時，肚子會餓得咕嘟作響。

將注意力全部集中在男教師身上的十宮亂鳳，敏銳地察覺了這點。

「……要吃一些嗎？」

於是，她對男教師揚起手中的便當。

「這怎麼可以！身為教師，怎麼可以隨便吃學生的便當呢。」

男教師露出不好意思的表情，然後坐在十宮亂鳳身旁。

於頂樓水塔的陰影下，兩人並肩而坐，共同望著遠方的城市。

咕嘟——

肚子餓的聲音又響了。

「……？」

十宮亂鳳向身旁看去。

男教師有點臉紅，然後露出抱歉的表情，終於坦承心思開口詢問。

「那個……我可以吃一點妳的便當嗎？」

「可以。」

看著男教師用自己用過的筷子吃便當，十宮亂鳳表面上裝出不在意的樣子，但內心卻正在掀起無法抑制的情感波動。

——他用了我用過的筷子。

——也就是說，他並不討厭我嗎？

那麼，並不討厭，可以視為喜歡嗎？

被「戀心」盤踞了想法的十宮亂鳳，推理的腦迴路也開始異於往常。

「他與班上那些人不一樣，從來沒有嘲笑過我的外表，而且還常常稱讚我的優點。」

「沒錯，如果是他的話——」

沒錯，如果是他的話——可以理解我。

我並不孤獨。

由平淡的分食便當景象，所衍生出的是無法自拔的喜意。

十宮亂鳳的「戀心」，至此徹底深種。

——希望自己喜歡的人也喜歡自己。

哪怕起初只是陪伴對方就心滿意足，但陷入戀愛中的人總是特別貪婪——那樣子的貪婪，最終將形成強烈程度不一的占有慾，將原本立下的界限逐漸模糊，導致自身染上不被預期的複雜色彩。

那複雜的色彩，此刻無疑沾染了十宮亂鳳的少女之心。

於是，為了引起對方的注意力，十宮亂鳳開始做便當。

其實每天中午的便當，原本就是十宮亂鳳自己做的，不過便當的數量，現在變成了兩份。

在第一次看見十宮亂鳳遞上的便當時，男老師啞然失笑。

面對那笑容，十宮亂鳳不禁紅著臉轉過頭去。

男教師吃了幾口便當後，立刻發出驚訝的讚嘆聲。

「啊、好好吃——超級好吃的!!」

十宮亂鳳紅著臉低下頭，沒有言語，但內心卻感到相當滿足。

……好吃是當然的。

因為十宮亂鳳特意用所剩不多的零用錢加強了便當菜色，而且為了保證新鮮與美味，特意在凌晨四點就爬起來做便當，只為了得到一句稱讚。

但有這一句稱讚，就足夠了。

足夠了。

在便當吃到一半時，望著天上的白雲，男教師在閒聊中繼續發出評語。

「十宮同學，妳的便當作得真好，有特意學過廚藝嗎？」

「……沒什麼，只是看了幾本做菜的食譜。」

其實是幾十本食譜，但出於少女的羞澀，十宮亂鳳不願明說。

並且她刻意裝作冷靜，想要擺出從容的模樣。

男教師微微一笑。

「這樣啊，看來十宮同學在做菜方面也是天才呢──」

「……謝謝。」

「唉，如果我的未婚妻也是這樣就好了。像她就完全不會做菜呢，所以我總是隨便解決午餐──不過，我也不好意思抱怨什麼，畢竟學校裡有超過七成的男老師，都是靠著外食來過活的。」

「……」

外食、午餐、學校、抱怨、做菜。

許多後來說出的詞彙，沒能傳入十宮亂鳳的耳中。

因為，在「未婚妻」這三個字闖入內心時，十宮亂鳳就已經聽不見任何聲音。

──老師有未婚妻。

──未婚妻、未婚妻、未婚妻、未婚妻。

──我還以為他也喜歡我。

──明明吃了人家的便當、明明稱讚了人家、明明每天與人家見面──!!

未婚妻，簡短的三個字，卻讓十宮亂鳳如遭雷擊。

並且心亂如麻。

不知道過了多久，當十宮亂鳳回過神來時，男教師已經離開。

而自己的身旁，留下的是空空如也的便當盒。

捧起那便當盒，將其緊緊抱入懷中，十宮亂鳳流下了眼淚。

哭泣、內心掙扎，然後是幾乎想要拚命喊出口的嘶吼。

——想要撕碎這不講理的青春，想要得到自己「戀心」所向之物，想要不顧一切地奮力出擊——!!

可是。

可是，哪怕十宮亂鳳的性格有些孤僻，她畢竟還是善良的。

她就只是個善良的中學生，甚至會餓著肚子把晚餐錢捐給路邊募款的慈善動物機構、在作圖書委員時看到破損嚴重的書籍，甚至會擔起職責之外的責任，背著沉重的書袋走上半小時的路，送去修書廠修補。

所以，十宮亂鳳很明白。

她明白自己不能再插手了，因為老師的未婚妻……對於老師，肯定懷抱著比自己更加強烈的「戀愛之心」吧。

最終，哭泣了許久許久後，直到夜色來臨，十宮亂鳳沐浴於月光中立下決心。

「……那麼，就讓這段戀情結束吧。」

斬斷這段戀情，然後不再來到頂樓，回到原本被孤立的班級中。

因此，必須劃下句點。

在離開頂樓之前，十宮亂鳳決定向老師坦承一切。

坦承自己的戀心，以及那許多時日以來產生的無盡思慕。

她明白自己會被拒絕，因為老師有未婚妻。

外表看起來十分正派的老師，在頂樓與自己單獨相處這麼久，也從未有半點不規矩的行為，完全是成熟大人的典範。

所以，老師肯定會拒絕自己。

在決定斬斷戀心的那一日，十宮亂鳳做了比之前更加豐盛的便當，然後在中午時分帶去頂樓。

頂樓，一樣的烈日，一樣的微風，還有一樣的煙霧環繞。

手裡挾著香菸的男教師，依舊眺望著遠方的城市。

一切都如同往常。

可是，這次來的是不同於往常的十宮亂鳳。

「便當，給你。」

「啊，每次都麻煩妳了，感激不盡！」

接過便當，男教師露出和藹的笑容道謝。

在吃便當的過程中，男老師偶爾說著閒聊的話語，但十宮亂鳳始終沉默不語。

頂樓的微風不停吹拂，風吹過水塔縫隙時嗚嗚聲響，彷彿形成了某種令人煩雜的樂曲，一再撩動十宮亂鳳的心思。

不久後，風停了。

男教師手上的便當盒，也剛好變得空空如也。

曲終人散。

此時，在最後、也是最關鍵的時刻，十宮亂鳳慢慢接過便當盒，終於開口發話。

「老師，我一直都很喜歡你。」

「……啊、這個……」

似乎有些手足無措，但男教師沉默片刻後，還是做出了十宮亂鳳預想中的回答。

「……十宮同學，對不起，我已經有未婚妻了。對於妳的心意我感到很高興，但是我不能接受。」

果然嗎？與外表看起來同樣正派的說詞。

奇蹟果然不會發生。

但哪怕早已預料到如今的場面，十宮亂鳳依舊不停落淚。

但她沒有哭泣出聲。

就這樣抱著空空如也的便當盒離開頂樓，十宮亂鳳於今日親手揮別了自己的初戀，試圖走向新的人生。

十宮亂鳳的校園生活，在劃去了頂樓這一選項後，重新變得灰暗。

因為不管再怎麼轉移陣地用午餐，其他地方總是會撞見認識的同學，進而在回教室後遭到更多嘲諷。

但個性有點孤僻、或許想法也有點扭曲的她，畢竟本質還是善良的。

所以她依舊勤奮地擔任圖書委員，替每個想要在書中圓夢的讀者服務。

碰見太過陳舊的書籍，她也依舊會背著書袋走上半小時的路，在修書廠等待書本修復，然後再辛勤地背回書袋，一本本親手擺回架子上。

如此簡單而微小的幸福，就是十宮亂鳳此刻的全部。

時間飛逝，一晃經過了半個月。

這天，因為必須修復的書本太多，十宮亂鳳背著書袋回到學校時，已經超過傍晚時分。

學園內，幾乎已經看不見半個人影。

但因為身為圖書委員的十宮亂鳳尚未離校，所以圖書室的大門也尚未鎖起。

背著書袋奮力跨上層層階梯，然後走過漫長的走廊，位於走廊末端的圖書室已經近在眼前。

「……!?」

但是還沒接近門口，十宮亂鳳卻發現圖書室的門口是半開的。

自己離開前明明關上了大門，也就是說，後來又有人進去了圖書室。

是心急想要借書的讀者嗎？

懷抱著好奇，十宮亂鳳繼續走近圖書室。

但是。

但是，就在十宮亂鳳走到圖書室大門前時——

她聽見了圖書室內，傳出了女孩子的輕笑聲與喘息聲。

那女孩子的喘息聲極為壓抑，像是在刻意控制音量那樣，但在靜謐的環境中，十宮亂鳳依然聽得一清二楚。

而且這聲音，讓十宮亂鳳有種莫名的熟悉感，就好像在哪裡聽過許多次。

……到底是誰？

將腳步聲放至幾乎無聲，十宮亂鳳小心翼翼地跨過半敞開的大門，然後沿著一排排書架往前走。

最後，在倒數第二排書架後躲藏身軀，十宮亂鳳探頭看向位於圖書室最角落的位置。

有一名男人與一名女學生抱在一起，兩人衣衫凌亂，正在熱情地接吻。

生。

——那女學生的相貌，十宮亂鳳無比熟悉，正是班上為首、常常嘲笑她的女學生。

而男人背對著十宮亂鳳，一時之間看不見臉孔。

男人與為首女學生親吻許久後，為首女學生一邊喘息，一邊輕輕推開男人的胸膛。

「等等，我說啊，你又想在這裡做嗎？既然要做的話，我們還是去旅館吧？」

「有什麼不好？反正已經在這裡做過很多次了吧。」

男人輕笑，抱著為首女學生腰肢的手臂，此時更加收緊。

為首女學生不滿地嘟起嘴脣，但也沒有再抗拒。

「……真拿你沒辦法。不過，你除了我之外，是不是跟很多女學生也在這裡做過？」

「沒有，在這裡做過的只有妳一個。」

聽到「在這裡」這種形容，為首女學生似乎有點吃醋。

「……聽你的形容方式，你好像有很多個女人嘛。」

而男人趕緊陪笑解釋。

「沒有沒有，最近不是每天都找妳一起玩嗎？我可是很老實的哦？」

「哈！老實的人會每天都射在自己學生的身體裡嗎？是因為只有人家允許你不戴套做吧！」

為首女學生捏了男人的鼻子。

但男人沒有生氣，只是不斷陪笑，說著情話哄著為首女學生。

兩人很快又繼續接吻，身上的衣衫也更加凌亂。

安靜的圖書室內，言語漸漸被喘息所取代。

在男人與為首女學生接吻的時候，兩人偶然之間抱著一轉身。

於是，原本背對十宮亂鳳的男人，被十宮亂鳳看見了臉孔。

「……」

真的是他。

確信了自己內心的想法後，十宮亂鳳面無表情，靜靜地離開了圖書室。

在她徹底遠離之前，為首女學生放浪的笑聲再次傳來。

「欸？你今天又想射進來嗎？就算吃了避孕藥，人家也可能會懷孕的哦？」

回家的路上，下起了傾盆大雨。

像是有人正用難以計數的水盆瘋狂往下傾倒那樣，在那幾乎讓人看不清前景的雨夜中，十宮亂鳳早已渾身溼透。

此刻，她的腦海中盡是雜亂的畫面。

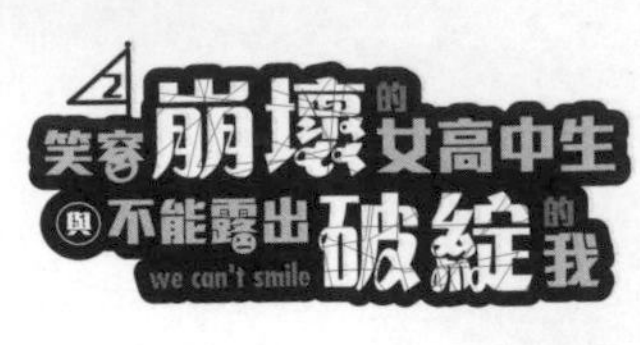

……與自己一起吃著便當的男教師。

……男教師與為首女學生彼此糾纏的身軀。

……自己當初告白的場面。

低著頭，走路時歪斜著身軀，十宮亂鳳的腳步踉蹌。

最後她甚至滑倒在地，摔在人行道上積起雨水的淺坑中。

「為什麼？」

十宮亂鳳的內心早已閃過無數次的「為什麼」。

但各方面都身為天才，天資聰穎的她，其實早已明白真相。

只是。

只是——直到狼狽地摔在水坑中，再次透過雨水形成的反射鏡面，看清自身容貌的那一瞬間，十宮亂鳳才願意正視真相。

毫無疑問，那個男人的正派臉孔只是偽裝出來的而已。

他早就已經與許多女學生有染了。

而且是在有未婚妻的情況下。

「那麼……他會拒絕我的告白，也只有一個理由吧。」

十宮亂鳳望著水面。

水面上映出的少女，將類咖啡色長髮梳成馬尾辮的樣子垂於肩前，戴著無法讓人窺視雙眸的厚重圓眼鏡，看起來普通到不能再普通。

「因為我不夠漂亮。那個老師就算偽裝得再好，實際上，也是只看外表的人。」

所以，土裡土氣的自己哪怕待在他身邊，充其量也就是被當成類似小動物那樣的、不相關的存在看待。

不，這隻小動物還會替自己做好吃的便當，會替自己保密，在告白被拒絕後就乖乖離去——是比想像中還要愚蠢的存在，可以善加利用。

——也就是說，我不過是被利用的對象而已。

曾經被沾染複雜色彩的戀愛之心，此時盡數染上傷得千瘡百孔的鮮血之色。

——我明明想要相信他的，在與他人交際時這麼笨拙的我、明明也漸漸學會了對他人展露微笑，可是、可是……

真誠的微笑，換來的卻是殘酷的真相。

雨勢更加壯大。

於深沉的夜晚，身軀搖晃的十宮亂鳳終於摔倒在水坑裡，抬頭望著天上深沉無盡的雨幕，十宮亂鳳再次流下了淚水。

並且，她發出了不甘心的吶喊聲。

「啊、啊————!!」

隨著十指漸漸收緊，連手指甲都在人行道上摳得出血。

就連告白失敗時都能沉默落淚的十宮亂鳳，卻於此刻，一再向那深沉的雨幕——向著整個世界發出淒涼的吶喊。

那喊聲，哪怕傳入了雨勢中，也將被吸收、最後歸於寂靜。

然而，那吶喊聲卻在十宮亂鳳的內心中越來越響。

越來越響、越來越響……

至此，無法被驅逐的怨念徹底成形。

雖然事後反思，被男教師拒絕告白或許是好事。

但最讓十宮亂鳳介意的，卻是自己成為了「敗者」這件事。

以及，男老師那汙染了自己當初「戀愛之心」的卑劣。

明明有未婚妻，卻與眾多女學生有染。

——不可原諒、卑劣無恥，這種負心薄倖的男人，絕對不可原諒。

這樣的想法，或許說這樣的強大怨念，被深深植入了十宮亂鳳的靈魂深處。

然後沒有一日，沒有一時，沒有一刻能夠忘懷。

——所有花心的男人都應該受到懲戒。

——甚至，所有好色的男人都不該存於世上——!!

怨念成形後，原本就有些孤僻扭曲的十宮亂鳳，決定改變以往的人生對策。

以往，她根本不在乎外表，因為光是依靠自身強大的智慧與能力，在大人的世界裡就能很好地安身養命。

——但。

但，那樣還不夠。

「外表嗎？說起來，一切都是因為外表啊。」

因為外表而被班上的人嘲笑。

因為外表而告白失敗。

雖然也因為土裡土氣的外表，沒有被男教師染指，但那不過是另一種層面上的侮辱罷了。

於是，憑藉著強烈的怨念，十宮亂鳳開始改變自身。

先是頭髮，原本梳成馬尾辮的長髮，上美容院燙過之後放成直髮。

接著是眼鏡，由笨重的厚重圓眼鏡，改為隱形眼鏡。

還有外表——上淡妝，以及增加流行雜誌上模特兒會配戴的小首飾。

「我……十宮亂鳳，不會再成為敗者。」

至此，站在鏡子前的十宮亂鳳，已經徹底變了模樣。

精緻的五官，亮麗的類咖啡色長髮，凹凸有致的身材，以及優秀至極的身材比例。

鏡子中的她，看起來嶄新亮麗，即使立刻出道成為明星，也不會被任何人質疑美貌。

其實十宮亂鳳原本就是百萬裡挑一的絕世美少女，只是習慣不加打扮，將亮麗的外表潛藏於掩飾之下，如此而已。

然而，當未曾打磨過的鑽石，決定盡情綻放自身的光輝時，那光彩之奪目，也將令人驚心動魄。

這一切的改變，只不過發生在一個短短的學園連假之中。

當連假結束後，走進教室的第一時間，居然沒有人能夠認出她來。

「那是誰？」

「是轉學生嗎？」

「也長得太漂亮了吧！是模特兒嗎？我好像在雜誌上看過她耶！」

眾說紛紜，但終究沒有人猜對。

這樣子的猜測，當十宮亂鳳拎著書包走到座位上，然後正式坐下後，才有人藉著那隱約熟悉的五官，勉強確定她的身分。

「是十宮亂鳳！那個美少女是十宮亂鳳！」

「天啊，她之前不是一直土裡土氣的嗎？」

議論紛紛。

為首女學生坐在桌子上，她用不敢置信的眼神盯著十宮亂鳳。

十宮亂鳳的容貌之耀眼，即使是同樣身為女性的她，也不得不承認敗北，甚至因為容貌被對方碾壓，進而感到某種挫敗的感受。

因此，過往尖酸刻薄的她，居然說不出話來。

她眼睜睜地看著幾乎所有男生圍到了十宮亂鳳的桌子旁邊，嘴巴始終呆滯地張開。

「十宮同學，可以跟我交換 Line 嗎？」

「十宮同學，我知道車站前有一家很美味的可樂餅，我請客，放學後要跟我一起去嗎？」

「十宮同學，妳的橡皮擦快要用完了嗎？我這裡有新的可以送妳。」

幾乎全班所有男生都擠上前搶著說話，教室裡亂成一團。

彷彿發情的野獸那樣，男生們紛紛眼前發亮，湊到十宮亂鳳面前獻殷勤。

只要被十宮亂鳳那對天生的桃花眼注視，男生就立刻懷抱希望，希望她採納自己的說詞。

最終，那些言語只換來十宮亂鳳淡淡的微笑。

「人家很想跟你們去玩，但是呢……最近有些困擾在煩惱人家，讓我提不起玩耍的興致呢。」

班上的男生們一聽，立刻關切地追問。

「什麼煩惱？什麼煩惱？」

「放心交給我吧，就算是刀山油鍋，我也會闖給十宮同學看！」

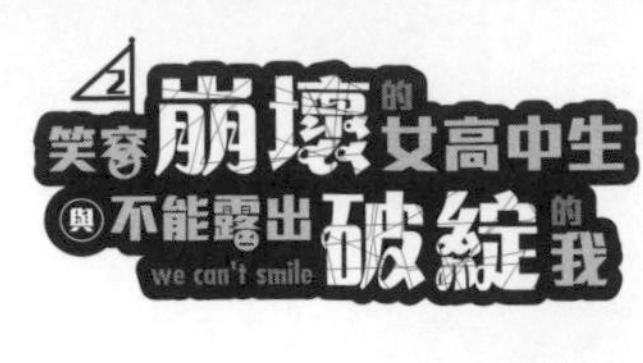

「是缺錢嗎？我這裡還有零用錢，如果十宮同學需要的話……」

場面再次混亂。

但當十宮亂鳳一豎起手掌，所有男生就立刻閉上嘴巴，仔細聆聽她的話語。

十宮亂鳳原本豎起的手掌，此時有四根慢慢縮起，唯獨留下了食指，最後指向某個方向。

原本男生們在十宮亂鳳身旁圍繞成緊密的圈子，被她指到的男生頓時嚇了一跳，然後紛紛側身讓開。

一個人讓開……兩個人讓開……五個人讓開。

像是摩西分海那樣，僅憑著一根手指，十宮亂鳳在人海中指出了一條路。

那條路，那根手指最終停留的方向，是為首女學生的位置。

然後淡淡發言。

「她一直在找我麻煩，導致我提不起玩耍的興致。」

班上所有男生，此時你看看我，我看看你，彼此對視。

然後，幾乎想也不想，露出了憤怒的表情。

大量男生湧上前，迅速包圍了為首女學生。

「喂，從以前我就一直覺得妳很過分，為什麼要一直刻意針對十宮同學呢？」

「其實我本來就打算這次連假後，要跳出來阻止妳這女人的惡劣行為！」

「之前妳說十宮同學長得土裡土氣的？看看妳自己的樣子吧，與十宮同學相比，妳簡直醜到像地上的蛤蟆！」

「沒錯、這傢伙簡直就是蛤蟆女、蛤蟆怪！」

你一言，我一語。

反向的報復頓時形成。

見狀，十宮亂鳳笑了。

進入這所中學以來，她還是第一次感到內心如此輕鬆。

十宮亂鳳的美名，迅速傳遍了整所中學。

美人一笑可傾城，亦可妖言禍國。在歷史課本上所一再熟讀的那些被譽為傳奇的美人，至多也就是十宮亂鳳這樣的長相吧。

對十宮亂鳳產生戀心的男性，每一日都在以誇張的速度成倍增長中。

而輕易就能獲得男性好感的十宮亂鳳，憑藉這樣子的優勢，迅速成為了「學園階層食物鏈」的最頂端。她毫無疑問是最上位的捕食者，想興風作浪對付任何人都是輕而易舉。

於是，內心深染怨恨的她，同時對男性與女性開始了報復。

先是依靠驚人的美貌，以及長期維持學園第一的聰明才智，周旋於眾多男性之間。

然後，原本的學園生態迅速被破壞得不成模樣。

那些本來有女朋友的男性，因為迷戀十宮亂鳳，紛紛背叛了原本的女友，想要轉而與十宮亂鳳交往。

但對於那些始亂終棄的男性，十宮亂鳳往往在與其進行極其短暫的交往後，甚至連手掌都沒牽上，就無情地捨棄對方。

捨棄對方之後，然後開始物色下一個獵物。

「錯的是那些男人，不是我十宮亂鳳。」

「──如果那些男人足夠忠誠，不管我長得再怎麼漂亮，情侶之間的感情也不會被動搖。」

「只要這些爛男人都絕跡了，就不會再有像『當初那個土裡土氣的我』一樣的女孩，受到傷害。」

這就是十宮亂鳳的道理。

既殘酷，且無情。

且帶著那一日的雨夜中，無法釋懷的怨念。

日子一天天過去。

自十宮亂鳳改變外表後，已經過去了兩個月。

短短的兩個月內，十宮亂鳳換過了三十個交往對象，但這些人全部都被無情捨棄。

因為追求者的數量每天都在激增，這些人就是最好的擋箭牌與護衛者，所以十宮亂鳳越來越無所畏懼。

然後是君臨。

如同驕傲的女帝那樣，僅靠美貌與交際手段，十宮亂鳳成為了學生中的絕對優勢者。

然後，在第三個月來臨時，如同十宮亂鳳所預期的——「他」找上了自己。

是當初那個花美男教師。

當初那個嫌棄自己的外貌，裝出一副好人模樣的男教師。

男教師找到了十宮亂鳳，依舊是當初那副溫柔的好人表情，然後他對著十宮亂鳳微笑。

「十宮同學，我很想再吃一次，妳做的便當。」

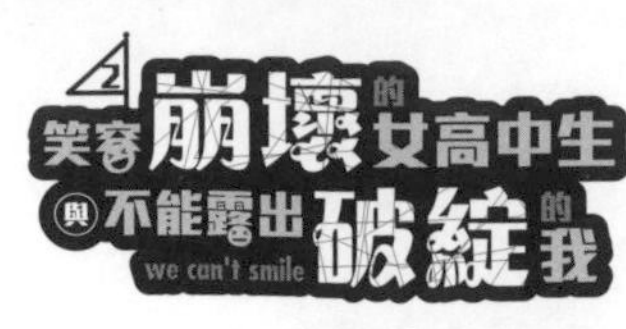

「——當然可以。」

至此，十宮亂鳳笑瞇了眼。

隔日。

帶著兩個手製便當的十宮亂鳳，在熟悉的時間點，獨自來到熟悉的地點。

同樣是頂樓，同樣是正午，同樣是那樣的豔陽與涼風。

以及……同樣的，熟悉的人。

男教師倚著欄杆抽菸，眺望著遠處的城市街景。

時間彷彿在瞬間倒退，回到了兩人初見的那一日。

聽見鐵門打開的聲音後，男教師回過頭。

然後他露出燦爛的笑容，朝十宮亂鳳走來。

「十宮同學，妳來了。」

這時，男教師刻意裝出有點緊張的模樣，然後撫摸胸口，深呼吸一口氣。

最後，他用十宮亂鳳從未聽聞的、從來沒有對自己用過的溫柔語氣說話。

「十宮同學，其實這幾個月以來，我一直很後悔，胸口一直在隱隱作痛——我思考了很久，這全部都是為了妳。當初拒絕妳是我的錯誤，其實我一直很喜……」

男教師遲來的告白尚未結束。

這時，他話聲突然中斷，因為他看見了十宮亂鳳把便當遞到自己的胸前。

便當已經打開了盒蓋，裡面全部都是看起來很好吃的食物。

將十宮亂鳳的行為，認為是「好消息」的訊號，男教師馬上笑得更加燦爛。

於是他伸手去接便當。

「十宮同學，謝……」

但他的道謝還沒說完，原本去接便當的手掌卻撈了個空。

然後，男教師的眼瞳中，映出十宮亂鳳踮起腳尖將便當高舉的身影。

——接著，便當朝下傾倒翻覆。

便當內，所有的菜色湯水，將男教師淋得滿頭滿臉。

男教師愣住，甚至無法言語。

而在這樣悲哀而又狼狽的樣子中，他看見十宮亂鳳轉過身，踩著優雅的腳步，開始漸漸遠去。

「……當初無謂的戀心，早已被我捨棄。」

一邊走，十宮亂鳳悠揚的話聲，順著風聲逐漸遠揚。

「——記住了，所有花心的男人，都是我十宮亂鳳的死敵。」

又經過半年時間，因為與女學生有染的消息莫名曝光，男教師被迫從學校離職，而且必須付出高昂的校譽賠償費。

站在頂樓上，望著男教師灰頭土臉離開校園的十宮亂鳳，露出扭曲的冷笑。

隨著時間不斷流逝，十宮亂鳳的歲數也慢慢成長。

先是從起初的中學二年級，成長為高中生。

還只是高一的年齡，就擁有F罩杯的驚人身材，十宮亂鳳的胸部越來越飽滿圓潤，而且還大得極為美觀。

於是，她的女性魅力更進一步。

只花了短短一個月時間，十宮亂鳳就用自己的魅力統一了高中，再次君臨於頂點。

從中學開始，直到高中。

哪怕過去了這麼久，十宮亂鳳的初衷也未曾改變。

「我要繼續懲罰那些花心的男人。」

「如果被我的美色誘惑，代表那些男人意志薄弱，根本沒有擁有伴侶的資格。」

然而，事實證明了，根本沒有正常男人能夠抵擋十宮亂鳳的美色。

即使是已婚的男人，甚至是年老的男教師，也會被十宮亂鳳所勾引，然後再被無情拋棄。

所有與之交往過的追求者、甚至連手都牽不到。對於所有男人來說，十宮亂鳳無疑是一枝難折不落的高嶺之花。

於是——

在高一，十宮亂鳳與一百位男生交往，然後盡數拋棄。

在高二，十宮亂鳳與兩百六十位男生交往，接著拋諸腦後。

在高三，十宮亂鳳與三百七十位男生交往，依舊棄若敝屣。

所遭遇的男人太多，實在太多……

最後連十宮亂鳳自己，都已經數不清交往過的男人的數量。

加上中學時所斬獲的獵物——或許總計已經斬落一千個對象，也或許是一千五百個對象——

在高三即將畢業的前夕，十宮亂鳳的美名與惡名同時遠播，擁有連隔壁縣市的學校都知曉的驚人名氣。

「喜新厭舊的魔女」。

此一外號，也在這時正式被賦予在十宮亂鳳身上。

時光再次飛逝。

「呼呼呼……『喜新厭舊的魔女』嗎？那些人，可真是會取外號呢。」

對於自己被冠上的外號，已經是大學生的十宮亂鳳，其實並不在意。

甚至與其相反，她有點喜歡這個外號。

「就算是魔女也無所謂！那麼——今天也來展開屬於『魔女』的狩獵吧！」

由於大學時期的自由時間較多，這段時間內，十宮亂鳳更是成果累累。

在大學的四年間，她交往過男人可以說是多不勝數。

但沒有一個男人，可以走進或接近十宮亂鳳那冰寒的心房。

因為，早在中學時那一日的雨夜，十宮亂鳳遭到怨念汙染的內心，早已化為天寒地凍的荒涼之地。

所以她繼續捕獲男人，就連成熟的社會人士也不放過，一日未曾間斷。

最高的一次紀錄，她甚至曾經一次與二十個男人交往。

於是，在大學畢業之前，根據十宮亂鳳自身的粗略估計，自己至少已經來到了三千人斬。

「哎呀哎呀……果然戲弄男人很有趣呢。」

但是，偶爾十宮亂鳳於深夜獨處時，會在恍惚之間，從鏡子裡看見中學時的自己。

那個土裡土氣的中學女孩，總是會寂寞地立身於鏡子中，用很悲傷的表情回望已經成為「魔女」的十宮亂鳳。

「……妳在流淚嗎？」

某一次，依舊是深夜，與鏡子內、中學時的自己對視，十宮亂鳳忽然發現過去的自己在流淚。

起初，她不明白原因。

——但那個人終究是自己，不管十宮亂鳳再怎麼欺瞞內心，歲月再怎麼沖刷記憶，兩人的想法終究有相通之處。

「原來如此……」

於是，抱膝蹲在床上，美貌無雙的十宮亂鳳流下久違的淚水。

「欺瞞他人，將他人的感情踐踏於腳底……現在的我與當初那位男教師，又有什麼兩樣呢？」

明明立誓要解決那樣的人，讓像是當初「土裡土氣的自己」一樣的女孩，不再受到傷害。

可是，十宮亂鳳現在正在做的事情，在在指向某件事實。

那就是——

——她終究活成了，當初的自己最討厭的模樣。

但鏡子中曾經的自己越是流淚，現實中的十宮亂鳳笑得越是歡暢。將深夜的淚水也鎖入冰封的內心中，此時的十宮亂鳳再無顧忌。

也就在這時。

在四千人斬的紀錄達成後，透過毀滅無數的戀心，十宮亂鳳發覺自己練就了某種直覺，或者說能力。

那就是「戀心觀察」。

原理大約與久居山林的探險家往往能第一時間找出正確方向相同——十宮亂鳳一旦仔細觀察某位目標，不論男女，只要目標正在看著某個人，十宮亂鳳就能藉由表情與態度觀察出，這個人對於正在注視的對象，究竟有沒有戀心的存在。

舉例來說的話，假若第一人正在看著第二人，十宮亂鳳只要從旁觀察，盯著第一人看上幾秒鐘，就能探知第一人是否對第二人抱有戀心。

幾乎是百發百中。

藉著「戀心觀察」這種能力，十宮亂鳳要捕獲獵物更容易了。很多男人對自己的戀心強烈到某個程度時，往往就會告白。

十宮亂鳳更發現，如果將他人的「戀心觀察」數字量化，細分為一到十的話，一般而言只要雙方的「戀心值」超過七，就能夠締結為情侶關係。

而超過八的「戀心值」，則足以成為夫妻。

超過九的「戀心值」，則是刻骨銘心的愛戀。如果男人對伴侶擁有這樣的戀心值，就算是以十宮亂鳳的手段也難以動搖。

至於十的「戀心值」，十宮亂鳳還從未見識過，但她直覺認為應該存在。

簡單做出結論的話，對伴侶的「戀心值」在八以下，甚至包含數值八的男人，都有被十宮亂鳳捕獲的風險。

「呼呼呼……戀心觀察嗎？真是有趣呢，這樣的能力。」

「不過，誰又能想到呢？被稱為『喜新厭舊的魔女』，這樣子的我，居然還是處女。」

於是，露出自嘲的微笑。

十宮亂鳳再次尋找新的獵場。

在大學畢業後，憑藉無比優秀的在學成績，她立刻得到P高中的應聘文書，成為了正式的保健室教師。

她原先就相當鼓漲飽滿的胸圍，這時也成長為I罩杯。

一般來說胸部太大都會下垂，但是如同得天獨厚的美貌那樣，十宮亂鳳的胸型卻非常挺拔與漂亮。

在P高中開始工作後，在短短的一年期間，「喜新厭舊的魔女」依舊發揮以往的實力，將校內所有的男老師捕獲，成為捨棄的獵物之一。

獵物沒了，當然要尋找新的獵物。

於是，連男學生也開始列入狩獵範圍。

但是，或許是因為這間學校本來就校風純樸，在這一年的期間內，十宮亂鳳出擊狩獵的次數日漸下滑。

換句話說，這所學校會對女性始亂終棄的男人，比原先預期的還要少上很多。

「居然是這樣的展開呀，這所學校難道說，是好男人的盛產地嗎？」

回首往事，在保健室中獨坐的十宮亂鳳，如此發出嗤笑。

隨著入職P高中滿期一年，一批新生也隨之入學。

在開學後不久，正當十宮亂鳳因為鄰近沒有獵物而發愁時，一名很漂亮的女學生忽然帶著同社團的男學生來到保健室，央求自己成為社團顧問。

從他們的對話聽來，本名裡帶有「凜」字的女學生，在社團裡的外號，似乎是

「凜凜夜」。

而男學生是「二藏」。

不過，社團顧問？被稱為「喜新厭舊的魔女」的自己？

我可沒有時間幹這種雜事，狩獵還沒結束呢。

於是，十宮亂鳳打算隨意打發這兩人離開，臨時編個藉口，讓叫做凜凜夜的女學生去後面拿教師日誌——其實那不過是一本用不到的廢棄日誌，是自己平常用來記載狩獵內容的廢本。

然後，出於多年以來養成的習慣，十宮亂鳳順便誘惑了叫做二藏的男學生。

——果然，他也盯著我的胸部看——啊，又躲開視線了，真可愛。

如此心想的十宮亂鳳，臉上的笑意不斷加深。

但外號為凜凜夜的女學生很快返回，所以也只能就此作罷。

然後，說出乍聽之下很有誠意的回絕。

「那個……凜同學，真的非常抱歉。身為保健室老師，我也是很忙的，最近幾個月的行程都已經排滿了，實在是擠不出時間擔任顧問——」

果然，這一男一女很快就知難而退。

不過，望著他們離開的背影，直到大門關上後，十宮亂鳳才忽然想起某件事。

「……忘記使用『戀心觀察』的能力看那兩人了。看來因為最近獵物太少，我也有點鬆懈了呢。」

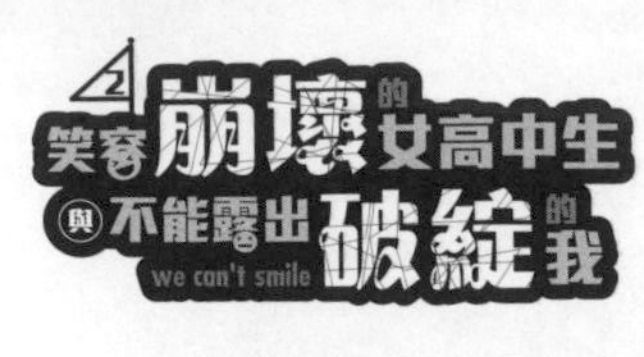

原本，十宮亂鳳只會一笑置之。

可是，當天放學，雖然不是圖書館的直屬管理教師，十宮亂鳳依然習慣性地獨自留下整理圖書室，因此離校的時間也比往常還要晚。

然後。

然後——在走路去搭地鐵的途中，經過某條馬路時，在昏暗的天色下，十宮亂鳳遠遠看見了「那些人」。

是那個叫「凜凜夜」的少女。

還有「二藏」也在。

甚至在場的還有不知火同學，以及大概本名叫做「七夕優花」，社團外號叫做暖暖陽的、學校裡有名的美少女辣妹。

等等……不對勁，那個叫二藏的男人身邊，怎麼圍繞著這麼多女人？

雖然與那些人隔著兩百公尺這麼遠，但多年以來狩獵的直覺，讓十宮亂鳳嗅到不同往常的氣息。

所以，她立刻提高了警覺。

以手掌遮起單目，藉此加強狹窄範圍內的勢力，十宮亂鳳單以右眼朝那些人的方向細細看去。

「戀心觀察・發動！」

……——!!

「那個叫做二藏的傢伙，居然……!!」

眼前所見，讓十宮亂鳳的嘴巴驚訝地大張。

即使以她多年以來的情感經歷，也從來沒有看過這種景象。

——因為，透過「戀心觀察」，十宮亂鳳所見的是……令人無比驚異的現象。

——凜凜夜，對於那個叫二藏的男人，戀心程度高達了「八」，甚至無限接近於「九」。

高達八的戀心程度足以結為夫妻，正常而言，需要時日長久的情感培養，才有可能勉強達到。

明明只有這個歲數……可是，那個凜凜夜對於二藏的戀心程度，確實是八。

不過……

不過，光是如此，十宮亂鳳或許會挑眉，但不會如此驚訝。

但她眼中所看見的——另一個外號叫暖暖陽的少女，對二藏的戀心程度也是「八」，同樣無限接近於「九」。

十宮亂鳳明白，兩名少女認識那個叫做二藏的男人，肯定已經很久的時間。

但最不可饒恕的是——

如果觀察那個叫做二藏的傢伙，他對於凜凜夜與暖暖陽的好感度，居然接近於零。

「戀心值」為零，也就是陌生人。

換句話說，對於這兩個多年愛戀自己的少女，二藏這個男人，甚至打從心底只把她們當成了陌生人——就好像才剛剛認識幾天那樣。

「不可饒恕……絕對不可饒恕！」

十宮亂鳳這輩子，從來沒有看過如此罪大惡極的男人。

而且這男人還極為懂得偽裝，一副與這兩個少女才剛認識的神情。是想要避嫌嗎？藉此擁有更多女人。

甚至比起中學時的男教師更加可惡十倍，不，可惡一百萬倍。

這樣的男人，不配存活在世界上。

——所以身為魔女，自己必須狩獵他。

——必須狩獵！

對於「喜新厭舊的魔女」來說，二藏這個男人，絕對是前所未見的大敵。

——這個男人，甚至當初在保健室中，還裝出被自己誘惑的模樣。

「啊呀啊呀，真是有趣的目標呢。呼呼呼……呼呼呼呼……」

或許是遭受往昔的痛苦記憶所刺激——十宮亂鳳臉上的表情微微扭曲，但她卻忍不住嬌笑。

——因為，閒暇已久的魔女，終於找到必須被摧毀的終極目標，沒有比這更有趣的事了。

處於行道樹的陰影下，十宮亂鳳的目光帶著無比仇恨，凝視著二藏的背影。

但那個二藏卻像是察覺了些什麼，回過頭與十宮亂鳳對望。

十宮亂鳳馬上收斂扭曲的神色，對其微笑。

不久之後，十宮亂鳳回過身，在夜色之中逐漸走遠。

……不如這樣吧——改天立刻去他們的社團教室，宣稱自己改變了心意，想要擔任社團顧問。

這樣的話，就能近距離狩獵這個卑劣的男人。

「給我等著吧——二藏。」

比例完美的身影，逐漸消失於夜色之中。

「……『喜新厭舊的魔女』，必將對你降下制裁!!」

後記

大家好，我是甜咖啡。

坦白說，《笑崩02》花費我極大量的心力撰寫，甚至曾經打掉已經寫了大半的稿件，從零開始重新編寫，最後才將各位眼前的第二集完成。

再加上咖啡的健康出了一些小狀況，身體漸漸不像年輕時那樣硬朗了。每一次熬夜都讓我感到非常疲憊，如果現實世界像遊戲中那樣，吃下藥草就能瞬間恢復全部狀態就好了呢。

接著，我們來聊聊《笑崩》的創作理念吧。

與前作《在座寫輕小說的各位，全都有病》相同，我希望能讓主角伴隨著劇情成長，所以剛開始主角的思想或許無法盡善盡美——但是，在歡笑與淚水中跌倒、爬起，然後變得更加成熟，我想……這就是所謂的青春吧。

我希望如此呈現，但要完美體現這樣的感覺其實不容易，所以咖啡依然在努力精進自己。

再來，聊聊這部作品的劇情方向。

沒錯——相信透過蛛絲馬跡，有些讀者已經能推斷出來了。毫無疑問，這是一部治癒向的作品。

「……真令人煩惱啊，要怎麼把內心的治癒傳達給大家呢？」這樣的念頭，就是咖啡在創作前、創作中思考最多的問題。

不斷思考、不斷思考，然後試圖導向最好的結論，然後《笑崩》就誕生了。

所以，看完第一集之後，那些在FB或粉絲團私訊咖啡「喂，老賊，這部作品的劇情怎麼有種又會虐心的感覺？」、「果然是『致鬱作』呢。」、「如果你已經有危險的想法的話，請立刻停止」的讀者們，肯定對咖啡有些誤會。

一直有治癒系作家稱號的咖啡，當然筆下所寫的，也是治癒系的故事。

也就是說，這邊想告訴大家的是——《笑崩》是一部兼容青春、治癒、趣味、戀愛等元素的輕鬆作品，完全可以放心觀看。

另外，也向大家提醒一下小彩蛋，將書皮拆下來後，角色在內封的表情會有變化喔。

如果看完《笑崩》，有心得想要分享的話，也可以來粉絲團向咖啡說哦。粉絲團同時也會分享新書的訊息。

粉絲團連結：https://www.facebook.com/8523as/

最後，非常感謝大家購買第二集，大家的支持是本書能續存下去的重要原因。咖啡會繼續努力，讓大家看見更好的作品。

那麼，我們第三集再見。

浮文字

笑容崩壞的女高中生與不能露出破綻的我2

著　　者／甜咖啡
封面插畫／手刀葉、廢棄物少年
發 行 人／黃鎮隆
副總經理／陳君平
副　　理／洪琇菁
執行編輯／曾鈺淳
美術編輯／方品舒
國際版權／黃令歡
企劃宣傳／邱小祐、劉宜蓉
文字校對／施亞蒨
內文排版／謝青秀

出　　版／城邦文化事業股份有限公司　尖端出版
台北市中山區民生東路二段一四一號十樓
電話：（〇二）二五〇〇—七六〇〇
傳真：（〇二）二五〇〇—二六八三
E-mail：7novels@mail2.spp.com.tw

發　　行／英屬蓋曼群島商家庭傳媒股份有限公司城邦分公司　尖端出版
台北市中山區民生東路二段一四一號十樓
電話：（〇二）二五〇〇—七六〇〇（代表號）
傳真：（〇二）二五〇〇—一九七九

中彰投以北經銷／楨彥有限公司（含宜花東）
電話：（〇二）八九一九—三三六九
傳真：（〇二）八九一四—五五二四

雲嘉經銷／智豐圖書有限公司　嘉義公司
電話：（〇五）二三三—三八五二
傳真：（〇二）二三三—三八六三
客服專線：〇八〇〇—〇二八—〇二八

南部經銷／智豐圖書有限公司　高雄公司
電話：（〇七）三七三—〇〇七九
傳真：（〇七）三七三—〇〇八七

一代匯集／香港九龍旺角塘尾道六十四號龍駒企業大廈十樓B&D室
電話：（八五二）二七八三—八一〇二
傳真：（八五二）二五八二—一五二九
E-mail：hkcite@biznetvigator.com

新馬經銷／城邦（馬新）出版集團Cite（M）Sdn. Bhd.
E-mail：cite@cite.com.my

法律顧問／王子文律師　元禾法律事務所
台北市羅斯福路三段三十七號十五樓

二〇二〇年八月一版一刷

■中文版■

郵購注意事項：
1.填妥劃撥單資料：帳號：50003021戶名：英屬蓋曼群島商家庭傳媒(股)公司城邦分公司。2.通信欄內註明訂購書名與冊數。3.劃撥金額低於500元，請加附掛號郵資50元。如劃撥日起 10～14日，仍未收到書時，請洽劃撥組。劃撥專線TEL：(03)312-4212 ・ FAX：(03)322-4621。E-mail：marketing@spp.com.tw

國家圖書館出版品預行編目資料

笑容崩壞的女高中生與不能露出破綻的我 / 甜咖
啡作. -- 1版. -- [臺北市]：尖端出版：家庭
傳媒城邦分公司發行, 2020.08-
冊；　公分

ISBN 978-957-10-8837-2 (第2冊：平裝)

863.57　　109001042